アルトゥール・ショーペンハウアー 著
Arthur Schopenhauer

女について／心理学的注釈
他四篇

Über die Weiber / Psychológisch Bemerkungen

マテーシス 古典翻訳シリーズ XII

高橋昌久 訳

風詠社

目次

凡例

一．本書はアルトゥール・ショーペンハウアー（1788-1860）による Arthur Schopenhauer, *Parerga und Paralipomena*, Kindle Edition, 2014. より「女について」、「心理学的注釈」、「教育について」、「人相学に関して」、「騒音と雑音について」、「比喩、たとえ話、寓話」の六編を高橋昌久氏が翻訳したものである。なお、文頭のラ・ロシュフコーの文章は原文ではなく、高橋氏による引用である。

二．表紙の装丁は川端美幸氏による。

三．原著にある脚注には「原注」と記載し、また「原注」以外に読書の助けとするため、本書末尾に編集部が文末注を施した。

四．小社の刊行物では、外国語からカタカナに置換する際、原則として現地の現代語の発音に沿って記載している。ただし、古代ギリシアの文物は訳者の意向に沿って古典語の発音で記載している。

五．「訳者序文」の前の文言は、訳者が挿入したものである。

六．本書は京緑社の kindle 版第七版に基づいている。

女にとっての地獄とは、すなわち老いである

ラ・ロシュフコー

L’enfer des femmes, c’est la vieillesse

La Rochefoucauld

訳者序文

『女について、心理学的注釈　他四編』は大まかに二度に亘って修正が加えられて今に至る。最初この作品が発売された時は次の三点のみが収録されていた。

・女について
・教育に関して
・人相学について

昨今流行のジェンダーに乗っかり、また哲学者としてよく読まれているショーペンハウアーの作品ということで、まず『女について』を訳すに至った。それだけでは分量は流石に少なかったので、さらに残りの二編も追加した。発売されてみると思わぬ反響があったので、さらに次の二編を約半年後に追加した。

・騒音と雑音について

・比喩、たとえ話、寓話

そしてそこから一年半経過してからさらに次の作品を追加した。（この序文もこの際に加えられたものである）。

・心理学的注釈

二〇二四年六月現在のところ、『女について・心理学的注釈、他四編』として京緑社で一番読まれている作品となっている。

実際、ここに収録された六つは親しみやすい作品である。難解な言い回しはそこまで用いられず、分量もそこまで多くない。それでいて内容は示唆に富んでいて、ラ・ロシュフコーのようなシンプルさと鋭さも多々垣間見える。

これら六作品はショーペンハウアーが晩年に書いた『余録と補遺』のさらに終わりあたりの作品である。評判の高い『余録と補遺』も最初あたりに書かれたものは結構粗雑な点も見受けられるが（構成が冗長、ヘーゲルへの悪口等）、ここに収められているものはとても簡素で澄んだような趣を呈しており、どこか仙人めいた老境へと入っていることが感じられる。

私が知る限りではこれら六つの作品は全集のみに収録され気軽に手に入れることができな

かったと思われるが、人気の高い『読書について』や『思索について』と同じくらい、親しみを持て、かつ示唆に富んだ内容が書かれている。ぜひ味わって頂きたい。

女について

シラーの「女性の品位」という対句とコントラストが巧みに用いられ熟慮の上に創作された詩よりも、ジューイ[i]の次の短い言葉が本当の意味で女を褒めていると私は考えている。つまり「女なくしては、我々の人生の初期には助けが欠けることになり、中期には喜びが欠け、晩期には慰めが欠ける」。同様に、バイロンも戯曲『サルダナパール』[ii]第一幕、第二場において大いに感情を込めて表現している。

人の生のそもそもの始まりは女の乳房から萌え出たものだ
お前の語り出す最初の僅かな言葉は女の唇から学んだものだ
お前の最初の涙を拭ったのも女であり
お前の最後の吐息も聞いてくれるのは女だ
男というのは導いてくれたというのに
その人の最後の時間を見守るという卑しい世話なんてしないんだから

両方とも女の価値についての正しい観点を示している。

§

女の姿形を一眼でも見れば、女が精神あるいは肉体の壮大な仕事をこなすには向いていないことは分かるだろう。それは生の責任という重みを行為を通してではなく、苦悩を通して抱えていくのであり、つまり出産の苦痛や子供の世話、男への奉仕といった具合である。男に対しては、女は忍耐強く朗らかな伴侶であるべきだ。非常に苛烈な苦しみや喜び、そして力の発揮は女に授けられたものではない。むしろ女の生は男に比べて静かで、目立たず平穏に流れていくべきである。男の生よりその生き方が幸福か不幸からは別問題ではあるが。

§

我々の子供時代に女が世話をしたり教育したりするのに向いているのは、女自身が子供っぽく、浅はかで、視野が狭いからであり、一言で言えば、大きな子供のようだからである。子供と成人の中間に位置づけられるのである。一日中子供とふざけたり踊ったり歌ったりする女中を見てみるといいが、もしあれを男がするとなったらよくてどうなるのか考えてみるがよかろう。

§

まだ若い女に対して自然が授けたのは、演劇用語でクライマックスと呼ばれるものである。つまりその後の人生を犠牲にする形で少しの年数だけ彼女たちに溢れる美と魅力と豊満さを授けたというわけである。それだけの魅力を用いて男の空想を完全に我がものとできるようにさせ、男はそれにより心が捉われ、その女のために一生の間、何らかの形で誠実に世話を引き受けようというのである。だがこういったことをするには、単に頭でそう思わせるだけでは市民権を得るほどになるには十分ではない。そういうわけで自然は、他の生き物に対してと同様に、己の生存手段のために適宜用いるための武器と道具も授けるわけなのだが、それも自然の常としたものだがそう多くは発揮できるものではない。雌の蟻が交尾し終わったら、その後は余計で産卵の妨げにすらなる羽根を失うのだが、女もまた子供を一人か二人出産すれば大抵はその美を失うのもこれと同じ理屈であろう。

それ故に若い娘たちは、家事や事務仕事については内心重要ではない副次的な仕事だと思っており、というより単なるお遊びだと看做している。彼女たちの唯一専心するべきものとして看做している仕事は、男との恋愛であり、男を手にすることであり、それに付随する化粧や踊り等々である。

§

どんなものでも高尚で完全であればあるほど、それが熟するまでにはゆっくりと時間をかけるものである。男は理性と精神力が完熟するにはほとんどの場合二十八歳になるまで待たねばならぬが、女の場合十八にして成熟するのである。だがその成熟した理性は弱いものだ。それで女は人生の間中ずっと子供であるのであり、視野に入るのはごく近くにあるものであり、現実に執着し、事物の表面を真実だと思い、最も重大なことよりも瑣末なことの方に心を注ぐ。というのも人間が動物のように単に現在において生きるのではなく、過去や未来にも目を注ぎ思慮を向けるのは理性によってこそであるからだ。そこから、その者の用心や関心や、しばしば憂慮が生み出てくるのである。そして女がこのような利益と損害をより被らないのはその男よりも貧弱な理性を持っているからである。むしろ女は精神的に近視なのであり、彼女の直感的な知性は自分の近くの部分については鋭く見るのだが、その視野は狭いのであり、遠くについては範囲が届かないのである。そういったわけで不在のもの、過ぎ去ったもの、将来のもの、これらは全て女には男よりもとても瑣末にしか働きかけないのであり、女たちにしばしば見られ時には狂気のようにすら思える浪費への傾向もここから起因する。女が心の中で思っているのはつまり、男たちに金を稼がせ、そして自分たちはそれを使い切ることにある、ということである。さらに彼らが存命の間に、少なくとも死後には使い果たすときている。そもそも男が稼いだものを家計として女に手渡すことが、彼女たちのそういった信念を強化させるのである。――こうしたことは多数の不利益な点があるわけだが、それでもいい点もなくはない。つまり女が男より現在に心を向けているわけだから、我慢できる程度には現在を享受できるのであり、そこから女に固有の朗らかさが生じてくるわけだから、これによって苦労の絶えない夫に気晴らしをもたらし、必要な場合には慰藉にもなり得る。

古代のゲルマン人の風習のように、困難な事態が生じた時は女に助言を乞うというのも決して荒唐無稽なことではない。というのも女の物事の捉え方は男とは全く違っているのであり、確かに彼女たちはその捉え方によって目的へと最短の距離に届くのであり、目の前にあるものを専ら目に入れるからである。それに反して男は遠くまでは目を向け、目と鼻の先にあるものは見落としてしまうからである。それ故そういった身近なものに目を向けるには、物事を近視の目で単純に見る見方が必要なのである。それに女は男よりも冷めた目で見ることができる。つまり女は実際にそこにあるもの以上の物事を見ないのである。男の方は、情熱に駆られ興奮すると、そこにあるものをやたらと大袈裟に捉えたり、想像力を添えたりするのである。

同じ根拠から、女は不幸な存在に対してより多くの同情とそれ故に人間愛や関心を示すのだが、その反面に正義や正直、誠実というものについては劣るのである。というのも彼女たちの理性は貧弱であるから、現在の、見かけ上の、直接的即時的な現実に大いに心を捕らえられてしまい、抽象的な思想や普遍の原理、揺るがぬ決心、特に過去や将来、不在のもの遠いものに対して心を働かせるのは滅多にない。それで女は第一の主要な徳の要件については備えているが、それを実行に移すための手段として必要な第二の徳については備えていないのである。この点において体内器官に喩えることができ、確かに肝臓はあるが胆嚢のない存在と言えよう。これについては私の論考『道徳の基礎について』の第十七節において詳述されている。

こういうわけで、女の性格は不公平であるという欠陥を根本的に有していることに気づくだろう。それは前述した理性と熟慮が乏しいということからまず由来し、さらに弱き者の如く力ではなく策略という本性を有していることがその事実を補強するのである。つまり女は本能的にと言っていいほど狡猾であり、嘘をつくことと切っても切り離せない存在である。というのも自然が獅子には爪と牙を、象には長い牙を、猪にも牙を、牛には角を、イカには水を染める墨の能力を授けたように、自然は女に対しては自己防衛のために偽装する術を授けたのであり、男には肉体的な強さと理性を授けただけの力を、女には上辺を取り繕う力を授けたからだ。女の偽装は先天的と言っていいくらいで、賢い女だけでなくどれほど馬鹿な女にもほぼ例外なく身についているのである。そのためこのような力を女が使うことは、動物が攻撃を受けた時にすぐに己の武器を行使するのと同じように自然なことであり、女は嘘を用いることにある程度の正当性があると思っているのである。こうして、全く嘘もなく、演技もしない女はおそらく存在し得ないのであろう。故に女は相手の他所他所しい演技は最も簡単に見抜いてしまうのであり、そういうことを女に企てることは賢い策とはとても言えない。――このような根本的な欠陥とその付随する要素から、虚偽、不実、裏切り、忘恩等々が発生してくるのである。法廷において偽証罪を犯すのも、男に比べれば女が圧倒的に多い。女に宣誓することを許していいものかどうか、問い立てるべきであろう。婦人が商店においてこっそりと万引きをするということが、時々どこでも起きているのだ。

§

人類の繁栄のために、自然は若くて、強くて、美しい男を生み出している。それによって人類の退化が妨げられる。ここにこそ自然の確固たる意志があるのであり、女の情愛はこの意志の表現なのだ。この法則は昔からあり強い効力を持っていることから、他の全ての法則に優先される。それ故、このような法則を妨げる形で己の権利や利害を追求するものは痛い目に遭う。というのもその者が何をしようと言い訳を立てようと、ある重大な時には容赦なく蹂躙されることになるからである。というのも内密で、暗黙で、無意識的ですらある女の先天的な道徳というのは以下の通りであるからだ。「男の個体が私たちを少しくらい世話をしたからといって、種族に対する権限を獲得したと勘違いするのを、私たちは欺かなければならない。種族の本質と福祉は私たちから生まれる次の世代にあるのであり、それは私たち次第であり、私たちの配慮に委ねられているのだ。私たちはこれを良心的に管理するのだ」。とはいえ、このことを決して抽象的な格律として意識しているのでは決してなく、あくまで具体的な点においてなのであり、機会が到来してきた時にそれを実行に移すことでしか表現することはない。それは男たちが思っている以上に大抵平然とやってのけるのであって、彼女たちの心の奥底では、個体に対する義務を傷つけたとしても種への義務をより成就することの方が遥かに重要な権利であることを意識しているのである。――このことに関連した詳しい探求は私の主著である『意志と表象の世界』の続編四十四章において述べてある。

根本的な部分では女はただ種の繁栄のためにあるのであり、その行動原理もそこからある。こうわけで彼女たちは個人よりも種族において深く生きるのであり、その心も個人よりも種族の問題に熱心に砕くのである。これによって、彼女たちの在り方や営みがある種の軽薄を与えるのであり、根本的に男とは向かう方向が異なるのである。それは結婚生活において頻繁に、ほぼ決まって不和を生み出すのである。

§

男同士の間にあるのは基本的に単なる無関心であるのだが、女同士の間にはすぐに敵対関係が生まれる。それは男の場合は自分の同業者にしか競争相手がいないのに対して、女の場合は女全体を包含するのである。つまり女には職業は一つしかなく、通りで女同士が互いに面識するときの有様といったら、まるでゲルフ党とギベリン党が睨み合うように見つめあう。[iii] また女同士が初対面に会う時も、それが男同士だった時に比べて、ぱっと見てわかるくらいの不自然で取り繕ったような態度を取り合うのである。故に女同士のお世辞というのは、男の間よりも遥かに滑稽な様を呈するのである。さらに、男の場合は自分よりも遥かに身分の低い者に対して、ある程度の配慮と親切を以て接するのが普通なのだけれども、身分高い女が（自分の召使でもないのに）低い女に対してどれほど傲慢で冷淡に接するのかを見れば、見るに忍びない。その理由はおそらく、女の場合は階級のあらゆる差異が男に比べて遥かに不安定で、すぐに変転し自分の身分が失われる危険性があるからであろう。なぜなら男においては天秤に測るべき要素が多数あるのに、女の場合は一つしかなく、それはつまりどの男に嫁いでいるかという決定的な点である。さらに男に比べて女の職は単一的でその職においてもなお互いに違いはほとんどないのだから、自分の身分を際立たせようと試みるのであろう。

§

背が低く、肩幅も狭く、尻は大きく足の短い性が美しいものと言われるのは、男の知性が性欲によって曇らされているからである。この性欲にこそ女の美しさの全てが込められているのだ。美しき性よりも非美学的な性とした方が適切であろう。音楽にしろ詩にしろ造形美術にしろ、女は真の感性や感受性を備えていないのである。せいぜいわかったフリをするくらいで、そうする場合は男に好かれようとする己の職を果たすための猿真似に過ぎないのである。これは女が純客観的な関心を何かに向ける能力が欠けているからであり、その原因は私としては次のように思う。男というのはある事物に直接的な支配のために、理解によってあるいはねじふせることによって、何より努力するのであるのだが、女はいついかなる時も単に間接的な支配を、つまり男を経由して企むに過ぎないのである。そういったわけで女にとっては男を獲得すること以外は全て単なる手段として見るものであり、その他のことに対する関心はいつも上辺だけの、単なる周り道であり、つまりは媚びであり猿真似になるわけである。故にすでにルソーも言っているのである。「女たちは基本的に、いかなる芸術も愛することはなく、理解することもなく、才能も持たない」(『ダランベールへの手紙』)。外見に惑わされない人なら、すでにこのことに気づいているだろう。コンサートやオペラ座や劇場において彼女たちがどういう方向へと何に注意を向けているのかを見ればわかるが、偉大な作品の最も美しい箇所においてさえ、子供っぽい無邪気さでぺちゃくちゃ喋るのである。ギリシア人が女を劇場への入場を許さなかったというのが本当だというのなら、それは実に正しいことだったということになる。少なくとも入場した男がそこの言葉を聞き取ることができるからである。「婦人たちは教会において黙っていなければならない」という言葉があるが、現代では「婦人たちは劇場において黙っていなければならない」と言った方が適切であり、あるいは劇場の垂れ幕にこういった言葉を大きな文字で書いておくといいだろう。

女において何も期待できないことは次のことを鑑みれば分かる。つまり女という性全体のなかで最も卓越した頭脳の持ち主でも、真に壮大で独創的で、敬意を払うような業績を美術においては何一つもたらすことはなく、消え去ることがなく歴史において存続していくだけの価値を持つ作品を一つも世に生み出さなかったのである。特にこれは絵画において顕著なことである。というのも単なる絵画の技術というのなら男と女の間には大した違いはなく、だから女も絵を描くことに熱心に従事するわけだが、それなのに偉大な絵画作品は何一つ示すことはないからだ。どうしてかといえば、絵を描く者として何より必要な精神の純客観性が女にはないからであり、彼女たちはどこにでも自分の主観を交えるのである。普通の女が絵に対して本当の意味での感受性を示すことがないのもこのためである。「自然は飛躍しない」のである。また三百年前からあるウアルテの有名な書物『科学を学ぶ能力についての研究』[iv]において女のあらゆる高等な能力を否定している。唯一の、あるいは部分的な例外もこのことを変えることはない。そうではなく女は根本においてどうにもならぬ俗物であり、それは変わることない。それ故男の身分と称号を分かち合うような極めて不合理な制度においては、女は男の卑しい功名心を絶えず鼓舞するのである。さらに同様の性質から、女たちを支配的な地位に置いたり「インフルエンサー」にすることは現代社会の堕落をもたらすのである。女が支配的地位を有するという点についてはナポレオン一世の「女には身分などというものがない」という基準を採択するべきであり、「インフルエンサー」についてはシャンフォール[v]が極めて正しく述べている「女は男の弱さや愚かさと関わるべきものとして存在するが、男の理性とは無縁な存在である。女が男との間にある共感は極めて表面的なものに過ぎないのであり、精神や魂や性分において共感することは極々わずかである」。女はいわば「第二の性」であり、あらゆる点で男に遅れをとる性である。そのような弱さについて男は労ってやるべきではあるが、このようなものに敬意を払うということは実に滑稽なものであり、女自身ですら男がそうするものなら馬鹿にしてくるのである。自然が人類を二つに分けたとき、裂いた箇所はちょうど真ん中ではなかった。全て両極にあるものは陽性と陰性の違いを有するが、それは単に質的な差だけではなく量的な差もあるのである。

古代人や東洋の民族も女をこのように見ていたのであり、女にとって適切な地位というものを極めて適切に我々ヨーロッパ人よりも認識していた。ヨーロッパでは古くからのフランス流儀的な慇懃さや下らない女崇拝があり、このキリスト教的・ゲルマン的な愚の極みが彼女たちを傲慢に無思慮にしたのである。その様といったら、時折ヴァーナラシー[vi]にある神聖視されている猿を思い起こさせるのであり、この猿たちは自分が神聖視され誰にも咎められることがないことを自覚しているものだから、やりたい放題しているわけである。

西洋の女、特に「貴婦人」とされているものは、不当な地位にいるのである。というのも古代人たちが正当にも「劣った性」と称したのが、男の尊敬や畏怖を向けるべき対象というのは全く以て出鱈目なのであり、男よりも大きな顔をすることも同様な権利を有することも不当なことである。この不当な地位にいることがどんな結果をもたらすのかはどこにだって目を向ければわかるものだ。ヨーロッパ人も人類の第二等の性にとってふさわしい地位へと再度戻し、アジア人のみならずギリシア人やローマ人にとってすらも物笑いの種となるであろう婦人崇拝を消し去ることに目を向けることこそ、とても価値あるものと言えよう。それにより、社会的にも、市井的にも、政治的にも、計り知れぬほどの有益さをもたらすこととなる。そしてサリカ法典[vii]というものは、全く余計なものとして不要なものとなるだろう。ヨーロッパ的な貴婦人という存在は、本質的には存在するべきものではなかろう。そうではなく主婦と主婦になることを望む娘がいれば十分であり、そのためには傲慢になるではなく、家事と男への服属を目的とした教育を施すべきである。そいうわけで貴婦人とかいうのがヨーロッパにいるのだから、女の性のうち大半の身分の低い者たちは東洋よりも不幸なのである。バイロン卿ですらも（トーマス・ムーア編集による『手紙と日誌』において）次のように述べているのである。「古代ギリシア人の下における女の状態を鑑みると、それは実に当を得たものである。騎士と封建制度の時代にあった野蛮さの残響は、ぎこちなく不自然な代物だ。女たちは家のことについて気を払うべきであり、よく養われ身なりも整えられるべきであるが、社会に出てくるべきではない。宗教についての教育も十分に施すべきだが、信仰と料理についての本は読むべきだが、それ以外の詩や政治についてては読むべきではない。音楽、絵画、踊り、そして時々はちょっとした園芸や畑仕事等々をやらせるべきだ。女たちがイピロスviiiの道路をとても良く修繕するのを見たことがある。だとしたら、干草を作ったり、牛の乳を絞ったりしてはならない理由がどこにあるだろうか？」

§

一夫一妻制をとっているヨーロッパの風習は男と女を公平に取り扱うのだが、それこそ不平等さを前提としたものである。つまり男が一夫一妻制において結婚するというのは男の権利を半減する一方で、女の権利を倍にすることを意味する。法が女に対して男と同様の権利を容認したのだから、女にも男と同様な理性を授けなければならないことになる。だが女に対して法が女に与えている権利と名誉が当の女の自然状態を凌駕するものであればあるほど、こういった恩恵に本当に預かれる女の数は少なくなっていくわけである。そしてそういった女は他の大多数の女に与えられるべき自然に適った権利から取り上げることになる。というのも女が男と全く同等な存在と看做す一夫一妻制とそれに付随する婚姻法が女に与えるものは、自然に反するほどに女にとって有利なものであるからだ。それ故賢くて用心深い男たちが、大きな犠牲を払い非常に不平等な契約を結ぶことになることに懸念を覚えるのは尤もなことである。そういったわけで一夫多妻制を採用する民族においては全ての女は扶助を見出すことに対して、一夫一妻制においては結婚できる女の数は限られており、残った無数の女は支えがない状態になる。上流階級の女は役に立たぬ老嬢となり無為に日々を過ごし、扶養のない女は重労働に従事することになるか売春婦となり、不名誉な人生を送ることになる。とはいえそのような境遇では男の満足のために必要な存在になるのであり、運よく男に寵愛された女たちあるいはその見込みのある女たちが誘惑されることから保護するという特殊な目的を持ったある種の公的な身分として認められている。ロンドンだけでもこういった売春婦が八万人いる。こういった女たちは、一夫一妻制によって非常に悍ましくも下賤な女とされた存在であり、一夫一妻制という祭壇に捧げられた生贄でなくては何だというのだ？ここに言及されている惨めな境遇に置かれた女たちは、大袈裟なくらいに高慢なヨーロッパ的な貴婦人たちの避けられぬ代償として成り立っている。それで女側の性全体としては一夫多妻制の方が実際は有益なものなのである。他方で、女が慢性的な病に罹ったり、不妊になったり、夫にとってあまりに歳をとり過ぎた状態となったら、夫が第二の女を娶らないとするのは全く理性に反することである。モルモン教にあれほど改宗する人が多いのも、自然に反する一夫一妻制を廃止したからこそであると思われる。その上、女に対して自然に適わない法的権利を与えるのならば、それは自然に適わない義務をも課すことになる。そしてその義務の不履行はその女を不幸にしてしまう。というのも多数の男にとって、身分や財産の点を鑑みれば、何か素晴らしい条件でも付随していない限り結構は分の悪いものだからである。故にそういう男は、他の条件の下で、つまり当の女と設ける子供の運命を安定した状態で保護するという条件の下で、女の取捨選択を自分の意志で行うことだろう。ところでこれらの条件が男にとってはどれほど得で埋に適い事情に則したものであっても、女の方はその条件を呑んだとしても正式な婚姻関係に基づく権利を与えないということになる。その場合は、婚姻関係が市民的社会の基礎となるわけだから、ある程度その女は不実な存在と見做され、悲し気な人生を送ることになる。というのも事の本質そのものよりも、他人の意見に対して測り知れない価値を見出すのが人というもので、それは仕方のないことだからだ。それに反して女がこのことに同意しないならば、その女は好みでない男に属することになるか、あるいは老嬢として乾涸びた存在になるかの危険性を犯すことになる。というのも女の結婚適齢期というのは非常に短いからだ。この点における一夫一妻制については、トマジウスの深い学識に基づいて書かれた論考「妾について」が非常に巧みに述べられている。その論文において、ルターの宗教改革に至るまでのあらゆる時代の全ての文明諸国民においては、妾を持つことが許されていたのであり、それどころかある程度までは法的にすら許容されていたのであり、そのような制度は不名誉なことは何一つ伴わないことであったのである。だがルターの宗教改革によって不名誉なものだと見做されるようになったが、それは牧師の結婚を正当化するための手段であった。そしてカトリック教側も、遅れをとらぬよう、そのやり方に追随することとなった。

一夫多妻制については議論の余地は全くないものであり、これは至る所にある事実として認められていて、ただどのように調整するかだけが問題なのである。そもそも本当の意味で一夫一妻制を採っていることなどあるのか？私たちは皆、少なくとも一時の間は、いややはり殆ど常に、一夫多妻制を採っているのである。どんな男も多数の女を必要とするのだから、多くの女の面倒を見るのが男の自由であり義務でもあることは極めて明白なことだ。それによって女は従属的な存在としてその正しく自然に適った立場へと引き戻されて、ヨーロッパ文明とキリスト教的ゲルマン的愚昧さを備えた怪物であり、敬意と崇拝を馬鹿馬鹿しいくらいに要求している貴婦人というヨーロッパ世界にゴマンといるものはこの世からいなくなり、ただ女というものだけがいるようになるのだが、それは不幸な女ではもはやないのである。

ヒンドゥスタンでは女が独り立ちしていたことはかつてなく、マヌの法典第五章・第一四八節が定める所により、父、あるいは夫、あるいは兄弟、あるいは息子による監督の下に女は置かれている。未亡人が夫の死体と一緒に己の身を焼くというのは無論論外なけしからぬことだが、子供のたちのために自らを慰めつつ夫が一生の間に骨を折って働いて稼いだ財産を、未亡人が情婦と一緒に蕩尽してしまうこともまた論外なけしからぬことである。「中庸を守る者は幸せである」――原始的な母性愛というものは、動物の場合と同様に人間においても、純粋な本能に立脚しているのであり、子供が肉体的な面での助けを必要としなくなると不要なものとなる。それ以後は習慣と理性に基づくような愛が取って代わるべきだが、それはいつも見られるものではなく、特に母が父を愛していなかった時がそうである。父の子供に向ける愛は母性愛とは別の種類の愛であり、より確固としたものである。それは父が子供において自分自身の最も内面的な自我を再認識するのであり、それゆえに形而上的な起源であるのである。

地球上における昔の民族も今の民族も、ホッテントット族[1]においてさえ、財産は男の子孫にだけ相続されてきた。ヨーロッパにおいてのみそうではない。貴族は男のみだが。

男たちが長い間艱難辛苦しつつ働いてようやく得た財産を女の手に渡すと、彼女たちはその貧弱な理性ゆえに短期間においてその財産を蕩尽したり消費したりしてしまうことがしばしばあり、これは実に不当なことである。故に男は女の財産相続権を制限しそういったことを予防しなければならない。私が見たところでは、女は、それが未亡人であれ娘であれ、人生の間は抵当権によって保証される利子のみを相続するべきだが、土地や資本は相続してはいけないような制度が、最良のものと思える（男の子孫が全くいない場合は別だが）。財産を稼ぐのは男であり女ではない。女には財産をしっかり管理する能力も欠けていることもあり、女が無条件で財産を所有するべきではない。本当の意味での財産、つまり資本、家、土地といったものを

1　原注：ホッテントット族では、家長の全財産は長男に相続されるか、同じ家族の内の最も近い男へと渡される。財産が分割されることはなく、婦人に相続されることも絶対にない（ルロワ「動物の知性及び完全性についての哲学的書簡、付、人間についての幾分かの書簡」）。尚、ルロワとはCharles Georges Leroy (1723-1789): 十八世紀フランスの文筆家。動物行動学についての著作がいくつかあり、先駆者的存在として知られている。

自由に処分させては決してならない。彼女たちには常に後見人が必要である。そして彼女たちに自分の子供の後見人をいかなる場合でもさせてはならない。女の虚栄心は、それが男のものよりも大きくない時でさえも、醜いものであり、それは物質的なものへと向けられ、特に自分達の美しさやその次には華麗さ、奢侈、壮麗さへと向けられる。そういうわけで社交というものが何よりも自分たちと切っても切り離せないものなのだ。そしてその貧弱な理性も加わり、浪費へと向かうわけである。古人もすでに「女は生まれながら浪費家である」と述べている。これに対して、男の虚栄心というのは理性や学識や勇気といった非物資的な長所へと向けられることが多い。

アリストテレスは『政治学』第二巻・第九章において、スパルタが女に対して相続権や持参金や多大な自由を有していたこと等あまりに多くの権利が付与していたために、どれほど大きな不利益が生じ、スパルタに没落をどれほどもたらしたのかについて述べている。――フランスにおいてもルイ十三世以来、女の影響力が絶えず増大していったことにより宮廷と政府を次第に腐敗させていき、それにより最初の革命が勃発されることになり、その結果その後の変革をもたらしたのではないだろうか？いずれにせよ、貴婦人といった存在においてその最も顕著な兆候が見られるように、女の不当な地位がヨーロッパ社会の根本的欠陥であり、その欠陥が中心部から至るところへと悪影響を波及させていくのである。

女の本質が服従することにあるのは、次の点において明らかである。どんな女も誰にも依存せず自立という自然に反した状態に置かれると、すぐに誰かの男とくっつき、その指導と服従に身を置くのだ。というのも女には支配者が必要だからだ。彼女たちが若い時は、それは恋人がその役目を果たし、老いた時は聴罪司祭がその役目を負うことになる。

心理学的注釈

全ての動物、特に人間は世界において存在し続けるために、自己の意志と知性との間にある程度の適切な均衡を持つ必要がある。自然によってこの均衡が正確で適切になればなるほど、それだけ簡単に、安全にそして快適に人間はこの世を渡っていけるのである。これが実質的に適切な点に近づくだけでも、破滅から救ってくれるのである。それ故先述した関係の妥当さ、適切さの境界はかなりの大きさを持つ。その場合に当てはまる基準は以下の通りである。知性の役割は意志の歩みの燈と導き手になることであるので、意志の内的衝動が激しく、猛烈で、情熱的であればあるほど、それだけ所与の知性は彼にとって完全で明晰でなければならない。それによって意欲や営みの激しさ、情熱の焔、猛烈な激情によって人間を誤らせないようにしたり、彼を無思慮、誤謬、破滅へと陥らせないようにするのだ。非常に激しい意志と非常に弱々しい知性においてはこのようなことは不可避的なものとなる。これに対して鈍感な性格を持った人間、すなわち意志が力なく弱々しい場合には、わずかな知性でも折り合いをつけてやっていけるものなのだ。そこそこ程度の意志であるならそこそこ程度の知性で足りる。一般的に意志とその知性との不均衡、すなわち先述した基準に基づいた均衡から逸脱するものは人間を不幸にさせる傾向がある。その不均衡が逆の場合でも同じことが生じる。すなわち知性が異常なまでに強靭で過剰なほどに発達し、意志に対して全く不均衡なほどに圧倒してしまうようなことがあれば、それは真実の天才の本質を形成するものであるが、人生の必要と目的においては単に余分なものというだけでなく、逆にそれを全く妨害してしまうものなのだ。さらに若い時には空想力が鮮烈であらゆる経験が不足している状態で客観的な世界を把握するために過剰なエネルギーを用いるのだから、突飛な概念やキメラのような空想的なものも受容してしまい、それによって頭は容易くいっぱいになってしまう。そこから奇抜な、空想的な性格も生まれてくるのである。だがこのようなことは経験の教えを受けることにより後になくなっていくものであるが、天才は普通の外的な世界と市民生活に馴染むことができず、通常の頭脳の持ち主のようにうまく世にはまり込んだり快適に動いたりすることができず、むしろ奇抜な失策をしてしまうことがしばしばある。なぜなら凡庸な頭脳の持ち主はその概念と把握の狭い領域において完全なまでに馴染んでしまっていて、誰もそれに手出しができずその認識は常に意志に仕えるという本来の目的に忠実で、放埒になることは決してなくその目的の務めを絶えず果たすからである。これに対して天才は私が前に検討して述べたように、根本的に monstrum per excessum【過剰による怪物】であり、それとは反対に、熱狂的、熱情的で知性のない人間、頭脳のない癇癪持ちは monstrum per defectum【欠点による怪物】である。

§

あらゆる生命体の最奥の核を成す、生きんとする意志が覆われることなくはっきりと現れ、それによってその本質を極めてはっきりと観察、吟味できるのは、最上級の、すなわち最も聡明な動物である。なぜならこの段階以下では意志はまだそれほどはっきりとは出ておらず、その客観化の段階は低いからだ。他方でその段階以上になると、すなわち人間の場合、理性と共に思慮が現れ、思慮と共に偽る能力も生じてきて、すぐにヴェールがそれに覆い被さるようになる。それ故人間においては熱情、熱狂が生じた時にのみそれが露わになるのだ。そういったわけで情熱が生じる場合それがどのような場合でも本物であると信用され、それもまた当然なのだ。同じ根拠から情熱は詩人の主要テーマであり、俳優の見せ場の披露となる。——だが最初に述べた理由から、我々は犬や猿や猫等々に対して喜びを抱くのだ。これら全ての動物の仕草が全く純真無垢であることが我々を大いに喜ばせるのだ。

各々自由な動物たちが、邪魔されることなく闊達に自分の持ち味を発揮し、自分の食料を追い求めたり自分の子供の世話をしたり、同類の動物と群れをなしている等々といった光景を眺めることは、何と特別な味わいだろうか。それは全く自然なことなのだ。そしてそれがたった一羽の鳥であったとしても、私が長い間愉快な気持ちでそれを眺めることができる。——それは水畑鼠でも、カエルでも同じことだ。だがハリネズミ、イタチ、ノロや鹿だったらなお結構なことだ！——動物たちをみて我々がこれほどに喜びを覚えるのは、我々固有の本質が実に単純化されて眼前にあるのを目にすることで喜びを覚えることに専ら由来している——。

この世界では嘘をつく存在は一つしかなく、それが人間なのだ。それ以外の全ての生物は真実でそのままの姿をしていて、それが何であるか、どのように感じているかを隠すことなく露わにする。この根本的差異の象徴的な、あるいは寓意的な表現は、全ての動物がどのあるがままの姿で歩き回ることであり、特にそれが野生の動物であった場合その多くの光景が喜ばしい印象をもたらすものであり、私もそれを見ると心が高揚してしまう。――だが人間の場合、衣装を纏うことによって愚者、怪物になってしまう。それは見ただけで嫌悪感を抱く代物であり、人間にとって自然ではない白い肌や、自然に反する肉食、アルコール飲料、タバコ、放埒や病気の吐き気がするようなあらゆる結果によってそれを補強するのだ。人間は自然の面汚しとして存在している！――ギリシア人はこのことを感じていたからこそ、衣服をできるだけ制限したのだ。

§

精神的な不安は心臓の動悸を誘発し、心臓の動悸は精神的な不安を誘発する。悲嘆、憂慮、気分の乱れは生命の活動、そして有機体の営み、すなわち血液の循環や分泌作用や消化活動を妨げ困難にさせる。また逆に身体の機能の方が心臓なり、胃腸なり、あるいは門脈、あるいは精嚢、その他どこでも肉体的な原因で阻害されたり渋滞したり、その他の点で乱れるようなことがあると、心が乱れ、心配や意気消沈や悲嘆が対象がないにも拘らず生じてくる。これはヒポコンデリーと呼ばれる状態である。さらに、我々は憤怒によって怒鳴り声をあげたり、怒りっぽい動作をしたり激情的な身振りをしたりする。だがこうした肉体的な仕草は怒りをさらに強めたり、些細な原因で感情を焚き付けたりするのだ。これら全ては意志と肉体の同一性であるという私の論説を大いに確証させるものであることはわざわざ言うまでもない。肉体は脳の空間的な直観において現れる意志に他ならないわけだ。

§

習慣の力に帰されている実に多くのことは、むしろ元々の先天的な性状の恒常性、不変性に基づくものであり、その性状の不変性により同じ状況下では常に同じことを行うのであり、一回目だろうと百回目だろうと同じ必然性によって生じるわけである。――これに対して習慣の実際上の力は本質的に惰性に基づいているものであり、惰性とは労働や困難や危険においてすらも知性と意志の面において新たな選択をすることを免れさせるものである。そしてこのために既に昨日だけでなく百回も行ったことを、それが目的を達成することができると知った上で今日もやるのである。

だがこの問題の真理はもっと深いところにある。というのもこれらは最初見た時のよりももっと本質的に深い意味で理解するべきものだからだ。物体が単に機械的な誘因によって動かされる場合、それは慣性の力によるものだが、同じように動機で動かされる場合ならば、習慣の力ということになる。単なる習慣によって行われる営みは、本来は個人の個々の、特定の場合において作用する固有の動機なしで生じるものである。それで我々は実質的にそれについて考えないのだ。習慣になった営みも最初の時に動機を持っていたのであり、それが二次的に作用しているのが現在の習慣なのであり、それによって最初の行いを引き続き生じさせるのである。それはちょうど衝撃によって動かされた物体がそれ以上の運動を続けるには更なる衝撃を必要としないのと同じである。そうではなく、全く妨害されることがなければ、それは永久に続いていくものである。これは動物においても当てはまるものである。動物の調教は強制された習慣だからだ。最初に拍車を受けた馬がその後はなんら刺激を受けることなく落ち着いた状態で荷車を曳き続けていくのは、最初に加えられたその拍車の作用がなお続いているからであって、慣性の法則によってその習慣が恒久化されたのである。――これらは全て単なる比喩以上のものだ。それは事物の、すなわち意志との同一性を示すものであり、客観化の非常に多様な段階に応じてその運動法則が同じように多様に現れ出るものである。

§

Viva muchos años!【長生きせよ!】とはスペイン語で通例的に用いられる挨拶であり、長寿を願うことは地球上のどこでも極めて普通のことである。このことは知識から生命とは何かをわかることで説明がつくものではなく、これに対して人間からその本質、すなわち生への意志が何かをわかっていることで説明がつくものである――。

　自分が死んだ後に自分のことを思い出して欲しい全ての人間が持っている願いは、高みを目指している人間にとっては後世への名声を願うものにまで発展するのだが、このことは生への執着から生じるように私には思え、もし現実上の存在としてのあらゆる可能性がなくなることを見て取るようになるならば、なお残っている唯一のもの、それが譬え理念的なものであろうと、影を掴もうとするのである。

§

我々は行うその営み全てにおいて多かれ少なかれ終わりが来ることを願い、片付けてしまおうと気を揉み、実際に片付いてしまったら喜ぶ。だが全般的な終わり、全ての終わりの終わりについては、出来るだけ遠ざけようとすることが通例である。

§

あらゆる別離は死の前触れを味わわせるものである――そして全ての再会は復活の前触れを

味わわせるものである。——それ故互いに無関心であった人々でさえも、二十年あるいは三十年の年月の後に再会するようなことに大いに歓喜するのだ。

§

親しい存在が死んだ時に感じる深い痛みは、各々の個体には何か口では言い表せないもの、彼自身において固有でそれゆえに全く取り返しのつかないものを有しているという感じから生じるものである。「Omne individuum ineffabile」【あらゆる個は表現できぬ】。このことは動物の個体においても当て嵌まるものであり、可愛がっていた動物に偶然致命傷を負わせてしまって別れの眼差しに接したら、心を掻きむしるような痛みが生じてそれを生々しく感じるだろう。

§

我々の敵や反対者の死を長い時間を経てからも、それを我々の友人と同じくらいに大いに悲しむこともあり得る——彼らが我々の輝かしい証人としていなくなったことを悲しく思うのだ。

§

大きな幸運が突然生じると、それが容易く致命的な作用を持つようになる理由は次の通りである。我々の至福と悲運はただ我々の要求と実際に得られるものとの間の比例値に過ぎない。それ故我々が所有している財産や、あらかじめそれが財産になるものと確信しているものについては、財産と感じないのだ。なぜなら全ての享楽は本質的にただ消極的なものに過ぎず、ただ苦痛を除く作用のためであるのに対して、苦痛あるいは害悪は本質的に積極的で直接的に感じるものだからだ。我々が何かを所有し、あるいは所有できる見込みが確実に立つと、すぐに要求が高まり更なる所有と更なる見込みを受容するためのその力が増大する。これに反して不幸が続き心は押し潰され、その要求も最低限に抑えられている場合には、突如として生じてきた幸運もそれを受容するだけの力を持ち合わせていないのである。すなわち突然の幸運は、前もってある要求によって中和されることもないから、それが積極的に思えそれゆえにその力が完全に発揮されるのである。それによって人の心を破裂させ、すなわち致命傷まで至るのだ。そういったわけで幸福が得られる見込みがある場合にまず望みを抱かせ、その見通しを立てさせ、そしてただ部分的に漸次的に馴染ませていくのが、よく知られた慎重策である。要求を前もって持たせることでその実効性の強さの威力も削がれ、更に多くのものを受容するだけのための余地を残す。これら全てのことは次のように言うことができる。「幸福に対しての我々の胃袋は底なしであるが、その入り口は狭い」。――突然生じる不幸についてはこれをそのまま適用することが出来ない。なぜならその際には希望が常に抵抗してくるからであり、それが致命的なものとなるのは遥かに稀有である。幸福になった時に恐怖が同じような働きをしないのは、我々は不安よりも希望の方に本能的に傾くものだからだ。それは我々の眼が自然に闇ではなく光へと向けられることと同じである。

§

希望とはある出来事についての望みとその蓋然性を取り違えることである。だが心の愚かさは可能性への正しい評価をあまりに掻き乱してしまうため、ほとんどあり得そうにないものも容易く成就可能なものとして捉えてしまうのだが、そのような愚かさとは無縁でいる人間は誰もいないだろう。だが絶望的な不幸が強烈な致命傷に喩えられるならば、他方で常に挫折しては再び盛り返してくるような希望はゆっくりと加えられる死の拷問に喩えられる。[2]

2　原注：希望とは我々の本質全体、すなわち意志と知性が競合している状態である。つまり意志は希望の対象を望んでおり、知性はそれを可能なものだと見込んでいるのである。後者の要因が大さく、前者が少ないのならば、それだけ希望にも見込みがあるわけであり、逆の場合はそれだけ見込みがなくなるのである。

希望は出来事の望みを可能性と取り違えるものである。だが希望や恐怖に見放された者は、「絶望的」という表現が使われる。自分が願望するものを信じ、それを願望するから信じるというのは人間において自然なことである。だが己のこの有益な和らげるような特性が何度も繰り返される運命の非常に苛烈な打撃によって根絶され、逆に自分が願望していないことが起こるに違いなく、自分が望んでいることは望んでいるがゆえに決して生じないということすら信じるにまで至ることは、まさに「絶望」と名付けられる状況なのだ。

§

我々が他者を頻繁に見誤るのは、我々の判断力の純然たる責任にあるというのでは必ずしもなく、フランシス・ベーコンの「intellectus luminis sicci non est, sed recipit infusionem a voluntate et affectibus」【乾いた光の知性ではなく、意志と様態によって我が身に入って来ることを受け入れる】という言葉から生じることがほとんどである。というのも、我々はそれを自覚せずに、最初の最初から些細なことに気を捉われて相手の敵になったり味方になったりするからだ。更に、我々は実際に見出した相手の性状だけに留まらず、その性状からまた別の不可分な性状があると思ったり、逆に両立し得ないと思ったりするからである。例えば気前のよさを知覚すると、相手は同時に公正であるとも判断する。敬虔であると誠実でもあると判断する。嘘つきだとすると詐欺師だと判断するし、詐欺をするなら盗みもすると判断する等々。このように多種多様な勘違いによって扉を開くことになるが、それは部分的には人間性格の奇抜さ、部分的には我々の見解が一面的であることから来る。確かに人間の性格は全く首尾一貫した統一的なものであるが、その総合的な性状の根っこは余りに深い所にあり、所与の場合においてどのような性状が両立できてどのような性状ができないのかを個々のデータからは決められないのである。

§

人間個人を表すのにあらゆるヨーロッパ言語において「Person」という単語が通例的に用いられるのは、図らずも的確なことである。なぜなら「persona」【ラテン語】は本来的に俳優の仮面を意味するものであり、確かにいかなる者もありのままではなく、皆仮面を被り役割を演じているのである。――そもそも社会全体の生活は喜劇を絶えず演じていることにある。これは豊かな人間にとっては無味乾燥としたものである一方、平凡な頭脳にとっては大いに気に入るものである。

§

もしかすると自分に危険が及んでしまうようなことを話してしまうことは我々にはよくあることだが、自分が物笑いの種となることについてはあくまでも沈黙する。なぜなら後者の場合、その結果は原因の後にすぐ生じるものだからである。

§

不正を受けると人間の自然な心に復讐を渇望する思いが燃え上がっていて、復讐は甘美である、とはよく言われてきたことだ。何かしらの損害の埋め合わせをするためではなく、ただその甘美さを味わうために多くのことを犠牲にすることも、それを証明している。ケンタウロスのネソス【Nessus】も痛ましい死を甘美なものにしても、最期の瞬間を活用することで、全く聡明に用意された復讐を確実に成し遂げられることを見込んでのことであった。そしてこれと同じ考え方はベルトロッティ【Bertolotti】の三カ国語に翻訳された短編『二人姉妹』において、より現代的で称賛するような描写で描かれている。ここで述べている人間の嗜好についてウォルター・スコットは「復讐は地獄で調理されたものの中で最も口に甘いご馳走だ」と正当に力強く表現している。そこで私はこのことを心理学的に解明してみようと思う。

自然や偶然、あるいは運命によって苦悩を与えられたとしても、ceteris paribus【他の事情が同じであれば】他人の気まぐれによって受けたものほどには苦痛を感じないものである。これは我々が自然と偶然を根源的な世界の支配者として認識していることに起因するのであり、それらが我々に被らせる苦しみも他の皆にも味わわせるものであることを見て取るのである。なぜならこれを源泉とする苦悩は個々の運命というよりも人類の普遍的な運命と看做して嘆くからである。これに対して他人の気まぐれによる苦しみは、その苦痛や損害に加えて、他者が、暴力だろうと策略だろうと、自分に優越していて逆に自分が無力であることを意識するという苦々しいものが加わってくるからである。受けた損害については可能ならば埋め合わせはできる。だがこの苦々しい添加物は「お前からそんな苦しみを受けても俺は甘受しなければならない」という考えとして損害そのものよりも苦痛になることが多く、それはただ復讐のみによって中和できるのである。なぜなら暴力にせよ策略にせよ、加害者に対して苦痛を与えることは相手に対する我々の優越性を示すのであり、そして相手の優位性を撤回させる証左となるからである。このように渇望していた復讐によって、満足感を得られるのである。そのため誇りや虚栄心が大きければ大きいほど、それだけ復讐の欲望は大きくなるものだろう。だが叶えられた望みも多かれ少なかれその愉悦が欺きであったことに気づくように、復讐も同じである。望んでいた復讐もほとんどの場合、同情によって苦々しいものとなる。それどころか、復讐を成就させたことで後になって心は引き裂かれ、意識は苦しんでしまう。復讐への動機はもはや働かず、我々の悪意の証左は目の前に現前し続ける。

§

満たされない願望による苦痛は、後悔の苦痛よりは小さいものだ。なぜなら前者は常に開かれた、だが見渡すことの出来ない将来において存在しているからだ。後者は取り返しのつかない、完結してしまった過去においてある。

§

忍耐、patientia【ラテン語】、特にスペイン語でsufrimientoと言われるのは、「苦しみを受ける」ということを意味するが、それは精神の能動性とは逆に受動的であることを意味し、それが大きい時は両立が難しくなる。忍耐は粘液質な人々や精神的な怠惰で貧弱な人々、そして女性の先天的な徳である。だがそれでもこの忍耐が非常に有用で必要なことであるのは、この世界の悲しむべき性質を表しているのだ。

§

金銭は人間の抽象的な幸福である。それ故もはや具体的に幸福を味わう能力を持っていない者は、心は全般的にこれに依存するようになる。

§

全ての我儘は、意志が認識の座を奪い取ったことに基づく。

§

不機嫌と憂鬱はかなり隔たっている。つまり快活から憂鬱への変化は、不機嫌から憂鬱への変化より容易く行われる。

憂鬱は人を引き寄せるが、不機嫌は突き放す。

ヒポコンデリーは原因がないのに、現在の事物に対して不機嫌と憤りを抱いたり、わざわざ考え尽くした未来の不幸に対して無根拠な不安を抱いて苦しむだけでなく、我々の過去における固有の営みに対しても不当に非難することで苦しみを覚えるものである。

ヒポコンデリーの直接的な作用は、憤りや不安を覚えたりするための理由を絶えず探し求め思い煩うことにある。その原因は内的で病的な不機嫌であり、さらに気質から内的な不安が加わってくることが多いが、この二つが最高度にまで達することがあれば、自殺にまで至る。

§

Quantulacunque adeo est occasio, sufficit irae
【どれほどささいであろうと、どのような出来事も怒りには十分だ】

先に挙げておいた【『倫理学のために』】ユウェナリスの詩句を、もっと詳しく説明するには次のことが役立つだろう。

憤ることがあるとまやかしの働きが生じ、憤りの原因を途方もなく大げさにしたり歪めたりするものなのだ。このようなまやかしは憤りをさらに昂じ、いよいよ怪物的なものになる。このような相互作用により昂じていき、ついには怒髪天を衝くというわけである。

昂じやすい人間がこのようなことになるのを予防するためには、怒りを覚えることがあればその事態について頭から追い出すことで、自分を落ち着けるように努めるべきである。なぜなら一時間経過してその事態に戻ってみれば、憤りも大分忘れるようになり、恐らく瑣末なことのように思えてくるからである。

§

憎悪は心の問題である。軽蔑は頭脳の問題だ。自我はそのどちらも抑えることは出来ない。というのも心は不変であり動機によって動かされ、頭は不変の規則と客観的なデータに基づいて判断するからである。自我はただこの心と頭を結合させるだけのものであり、いわば「ζεῦγμα」【橋を架ける前の浮橋】である。

憎悪と軽蔑は決定的な敵対関係にあり、互いが互いを排除する。それどころか多数の憎しみは他人の優位性を無理やり認めさせるような敬意を他ならぬ源泉としている。また他方で、全て惨めなろくでなしを憎もうとするならそれには多大な労力がかかるのだが、軽蔑するとなれば例外なくそれは実に居心地いいものだ。真正の、本物の誇りの裏返しとなっている真正の、本物の軽蔑は全く内密に留まらせるべきもので、全く悟られてはならないものだ。なぜなら軽蔑を相手に気づかせるようなことをするなら、相手に知らせたいと思っている限りでは、相手をどれほど小さく評価しているのかを示すという点では相手に注意を払っている印となるからだ。それ故それによる軽蔑はただ軽蔑の見せかけに過ぎず、実際はそれとは異質な憎しみを暴露することになるのだ。これに対して本当の軽蔑は他者の無価値に対する純然たる確信であり、寛大に大目に見ることと結びついている。さらにその際、どんな被害をもたらすかわかったものではないから、軽蔑している対象を刺激することを避けて自分の平穏と安寧を手にしようとする。だがこういった純然たる、冷徹な、心からの軽蔑が表に現れようものなら、相手は血生臭い憎しみによって応じるようになる。なぜなら軽蔑に対して軽蔑で返すようなことは相手には出来ないからである。

§

何か不快な気持ちにさせるような出来事は、譬えそれがどこまでも些事であったとしても、我々の精神にその残響を残し、それが続いている間は事物や状況の明確で客観的な把握の妨げとなり、それどころか我々の思想全体をそのような色合いに染めてしまうものだ。どれほど小さな対象でも眼前に近づいているならば、我々の視野は狭くなり歪んでしまうのと同じである。

§

人を無情にさせるものは、誰もが自分の苦しみを身一杯に背負っていること、あるいはそう思っているということでありうる。それ故そこから抜け出して幸福な境遇になることは、ほとんどの人間を思いやりのある、慈悲深い者とする。だが幸福な境遇が続き、いつもある状態になるならば、大抵その反対となる。つまり苦悩からあまりに疎遠になってしまい、苦悩する者に対して同情を持てなくなってしまうのだ。なので、時には貧乏人の方が金持ちよりも他人を助けることにもなるわけである。

これに対して、他人の行いについて盗み見したり探りを入れたりするように好奇心を旺盛に発揮することは、人生の苦悩とは対極にあるもの、退屈に基づくものである――それは嫉妬と同時に作用することもしばしばだが。

§

ある人間に対して自分は心の底からどう思っているのかを知りたいと思う者は、その人間からの手紙が郵便で不意に届いて、それを最初に見た時にどう思ったかに注意を払ってみるといい。

§

時々、我々が何かを欲していると同時に欲しておらず、そのため同じ出来事に対して喜ぶと同時に悲しむことがあるように思える。例えば何かしらのやり方あるいは何かしらの機会で重要な試験に合格しなければならないとする。それが我々にとって非常に大きな価値があるものとなった場合、この試験の行われる時が来るのを待ち望むと同時に恐れるのである。そしてそれを待っている間にそれが今回は延期になったとすると、我々はそれを喜ぶと同時に悲しむだろう。というのも延期されたことは我々の意に反することであるが、それでも束の間の安堵が得られるからである。我々が重要で決定的な手紙を待っていながらも、それが来ないという場合もこれと同様である。

こういう場合には二つの異なった動機が元来我々に作用している。より強いがより遠くにある動機は——試験に合格してさっさと決めてしまいたいという望みであり、そしてより弱く、だがより近い方にある動機は——今は安穏と煩わされぬ状態にいたいという望みである。後者の不確かだが希望を持った状態は、少なくともあり得る不幸な結末よりは楽なわけだから、そのままの状態でいたいというわけである。このような精神的に生じるものは物理的な面においても生じるのであり、我々の視野において小さいがより近くにある対象が、より大きいが遠くにある対象を覆ってしまうのである。

§

理性は預言者と呼ばれるに値する。なぜなら理性は未来の姿、すなわち我々の現在の行いの将来の結果と作用について我々に差し出すからである。だからこそ理性は、我々が快楽の欲望や、憤怒の爆発や、貪欲に駆られた衝動によって我を失うことで必ずや将来に後悔してしまうことを妨げるために己を抑制するのである。

§

我々個々の人生の経過や出来事における、その真実の意味合いと関連性はモザイクの粗い作品と比べることができる。こういう作品の前に密に近づいてみると、描写されている対象を正しく認識することができず、その重要性も美しさも知覚することができない。少々作品から離れることでこれらがわかってくるのだ。それと同じように、自分の人生の重要な経過の本当のまとまりある統一も、その出来事が起きている時ではなく、相応の時間が経過してからわかってくるものである。

こういうことになるのは、我々に空想という拡大鏡が必要だからだろうか？それとも遠ざかることではじめて全体を見渡すことができるからだろうか？それとも熱情がおさまらないといけないのだろうか？あるいは経験という学校によって初めて我々は判断力が成熟するからだろうか？――もしかするとこれら全てを合わせたものが理由かもしれない。だが確かなことは、他者の行動は、そして時には自分の行いでさえも、多数の年月が経過して初めて正しい光が当てられるようになるのだ。――そして個々の人生においてだけでなく、歴史においてもそうなのだ。

§

人間の幸福な境遇というのはほとんどの場合、ある種の木立の群れと同じである。それは遠くからみれば、実に美しいものと感じられる。だが近づいてみてその中に入ってみると、その美しさは無くなってしまう。木々の間に立っていながら、その美しさはどこにあるのかわからないのだ。我々が他人の境遇をしばしば羨むのもこれに基づく。

§

鏡というものがあるのに、人が自分の外見について本当の意味では知らず、知人たちのように自己を空想において思い描くことができないのはなぜだろうか？これはすでに第一歩から「γνῶθι σαυτόν」【汝自身を知れ】という命題に対立する難点である。

これは疑いもなく、部分的には次のことが原因である。鏡で自分を見る時は必ず真っ直ぐの、瞬きもすることのない目線で見るのであり、それによって目の無目的だが意味のある動きが失われてしまい、本来の眼差しの特徴についての大部分が失われてしまうのだ。だがこの物理的に不可能なこととは別に、それと類似した道徳的に不可能なことも同時に作用する。人は鏡に映った自分の姿に対して完全に他者としての眼差しを向けることができないのである。そのような眼差しは客観的な把握のための条件であり、すなわちそれは深層部において感じられる非我の伴う精神的利己主義に基づくものである（『倫理学の二つの根本問題』二七五ページ、第二版二七二ページ）。あらゆる欠点を捨象することなく純客観的に近くするために必要なものであり、これによって初めてその姿が真実にありのままに描写されるのだ。こうなる代わりに鏡に映った自分の姿に眼差しを向ける場合だと、あの利己心が常に「それは非我ではなく、我なのだぞ」という予防策の言葉が囁いてくるのである。そしてそれが「noli me tangere」【我に触れるな】として作用して純粋客観的な把握を妨げるのである。すなわち少々ばかりの悪意ある酵素がなければ純粋客観的な把握はできないように思われるのだ。

§

苦悩や行う力が各人にどれだけ抱えられているのかは、それが何かしらのきっかけで実行されるまではわからないものである。――それは滑らかな鏡のように静かな水の池について、ただそれを見ただけではどれほど岩角から滞ることなく轟音を立てて荒れ狂いながら落下したり、あるいは噴水としてどれほど高く噴き上がることができるかはわからないものであり――また氷のように冷たい水において潜伏している熱についても予想できないのと同じである。

§

自分の意識が備わっていて初めて直接実在していると言えるのであって、意識を持たない存在は他の存在の意識において現れてくることでのみ現実性を有するものである。それ故人間個人の現実的存在なども、まずはその意識にあるものなのだ。だがこれは必然的に表象するものとなり、そのため知性とその営みの領域と素材という制約を受けている。そういうわけで意識や分別の明晰さの度合いは、存在の現実性の度合いと看做すことができる。だが人間の種族それ自体においてはこの分別の度合い、あるいは自他の存在をはっきりと意識する度合いには、先天的な精神力やその完成度、そして沈思するための間暇の尺度に基づいて、実に様々な段階があるのである。

精神力における本質的、根源的な各々の差がどれほどのものかについては、それら個々を考察するのではなく、一般論的なものに留まる限りはしっかりとした比較を行うことはできない。

なぜならその差異は大きく概観することができないものであり、教養や閒暇や仕事の差異のように簡単に外部から把握することができないものであるからだ。だがこれらについても、ある者は別の者よりも少なくとも十倍も高い存在度を持っていること——十回も存在していることは認めなければならないのだ。

私はここで未開人のことについて話題にするつもりはない。彼らの生活は木の上にいる猿よりも一段階だけ上であるのだ。彼らではなく、例えばナポリやヴェネツィアの荷物運搬人を考慮に入れ（北方では冬のことを気にする必要があるので、それだけで頭を駆使し思慮深くなるものである）、その人生の遍歴の一部始終を見渡してみるといい。彼らは困窮によって駆り立てられ、自分の力に頼って日々の、いや一時間一時間の必要を労働で切り抜けていかなければならない。多大な骨折りを何度も必要し、常に騒々しい状態にあり、明日のことを気にする必要がないくらいにその日暮らしであり、疲れ果てるとぐっすりと休み、たくさん喧嘩をし、何かを考える暇は一瞬たりともなく、温和な気候とどうにか我慢できる食事で感覚的な快楽は満たされ、形而上学的な要素といえば教会における何かひどい迷信を信じているくらいである。すなわち全体としては相当に朧げな意識による営み、あるいはむしろ営みをさせられているような一生なのだ。このような落ち着かぬ混乱した夢が何百万という人間の生を構成している。彼らが認識することは徹頭徹尾現在の意欲のためだけのことである。彼らは自分の存在における連関性について何ら頭を使うことなく、ましてや自分の存在自体の連関性には使わないのだ。

いわば彼らはそれについて正しく知らないままにそこにいるのだ。それ故のらくらと考えなしに暮らすプロレタリアや奴隷は我々よりも、全く現在に局限されている限りなく動物のような存在に近く、その分だけ苦悩することも少ないのである。実際、全ての享楽はその性質上消極的なものであり、すなわち困窮や苦痛からは免れて存在している。そういったわけでプロレタリアの労働者に常に付きまとうような、現在の不満とその解消が絶え間なく迅速に切り替わっていくのは享楽の恒常的な源泉であり、特に仕事を終えて休息とその欲求の満足がする状態になればそれだけその享楽が強くなるものなのだ。このような朗らかさは、金持ちよりも貧乏人の顔に遥かに頻繁に、はっきりと見られることがその確実な証左となる。

次に理性的で、思慮深い商人を観察してみるといい。彼らは投機することで生を送るのであり、考え抜いた計画を慎重に実行し、家を建てて妻や子供や後継者の面倒を見て、公共についての活動にも参加する。この商人は明らかに先の労働者や奴隷よりも遥かに多く意識を持っていること、すなわちより高度な現実性をその存在は有している。

次に過去の歴史について研究しているような学者に目を向けてみるといい。このような存在は自分個人を超えて、さらに自分が存在する時代も超えて、全体の存在について意識しているのだ。彼は世界の遍歴について熟考しているのである。

そして最後に詩人、あるいはそれこそ哲学者を見てみるといい。彼らは存在の何かしら特定の現象について研究することに情熱を注ぐのではなく、存在それ自体、この大いなるスフィンクスの前で感嘆しながら立ち尽くし、それを自己の問題とする水準にまで達している。彼らの意識において高まった明瞭さの度合いは、世界意識にまでなっているほどであり、彼らが抱く表象はあらゆる意志の奉仕の関係の外にあり、世の営みに参加するよりも遥かに多く探究や考察が必要となるような世界に直面しているのである――それ故意識の度合いが現実性の度合いとなるのである――そのためのこのような人物を、本当の意味での「最も現実的な存在」と名付けてもいいだろう。

ここで大まかに示した両極端、そしてその中間点において、各々が己の位置を示すことができるであろう。

§

Pronaque cum spectent animalia cetera terram
【頭を下げた他の動物は大地へと顔を向けながら】

というオウィディウスの詩句は――元々は物質的な意味として動物に当てはまるものではあるけれども、残念ながらほとんどの人間においても比喩的、精神的な意味合いにおいて当てはまってしまう。彼らが思うこと、考えること、試みることとは全く肉体的な快楽と快適を目指しているものであったり、あるいは個人的な利害に関したものなのだ。その利害の範囲には確かに多様なものが含まれているが、結局全てはその快楽と経験していて初めて重要性を持つものであり、それ以上は行かないものである。彼らの生活の仕方や話しぶりがそれを証明しているというだけでなく、彼らの外貌、人相、表情、歩きぶりや仕草においてもそれが示している。全ては彼らに「in terram prona!」【地を前へ！】と叫んでいる。――そういったわけで先の詩行が当てはまらないような人種は、彼らではなく高貴で高次な素質を備え、思索し真に自分の周りに眼差しを向けるような人物たちであり、彼らには次の詩行が相応しい。

Os homini sublime dedit, coelumque tueri
Jussit, et erectos ad sidera tollere vultus
【人類だけに彼は荘厳な顔を向けて、空の星へと顔を上げるように命じた】

§

どうしてgemein【普通の、卑俗的な】という表現は軽蔑的なのか? ungemein【非凡な】、außerordentlich【並外れた】、ausgezeichnet【際立った】という言葉はどうして賞賛になるのか? なぜ全て一般的なもの【Gemeine】は軽蔑的なものなのか?

Gemeinという言葉は元々全てのものにとって、すなわち種族全体において固有で共通なもの、つまりすでにその種族において決められたものである。それ故人間の種族全体において認められている以上の特性を持たない者は、ありふれた人間というわけである。通常の人間【Gewöhnlicher Mensch】はもっと穏やかで知的な面に向けられた表現なわけだが、通俗的な【Gemein】の意味合いにおいてはむしろ道徳的な面で関係している。

他の何百万と全く同じ存在にはいかなる価値があるというのか? 何百万? いやむしろ無限であり、無尽蔵な源泉から世紀から世紀へ、あたかも鍛冶屋がまき散らす鉄屑のように、自然が惜しみなく湧き出すような果てしない数のいる存在に、それこそ何の価値があるというのか? 自分の属する種以上の特性を何ら持たない者は、他の存在に対してその種においてあるもの以上を要求すべきでないとしても、正当なこととして感知できるであろう。

私は度々(例えば『倫理学の二つの根本問題』五〇ページ、第二版四八ページ、『意志と表象としての世界』正編三三八ページ、第三版三五三ページ)論じてきたように、動物には種族の性格だけがある一方、人間だけが固有の個々の特性を持っている。とはいえ大抵の場合はそういった個性的な特性はほとんど持っておらず、ほとんど完全に種族として分類されるものであり、「Ce sont des espèces」【いわば標本というわけである】。彼らが欲して考えることも、その人相と同じく種族全体のそれつまり属している人間の種のものであり、そのために陳腐で平凡で卑俗であり、いくらでも代えがきくわけである。そして彼らの口にすることや行いもほとんどの場合、相当正確に予想できるものである。彼らには固有の特色がなく、工業製品の如しである。

彼らの本質と同じく、彼らの存在も種のそれに没してしまうのではないだろうか?種の本質と生存だけが認められているという点で、この卑俗性【Gemeinheit】の呪いは人間を動物に近づけるのである。

全て高次なもの、偉大なもの、高貴なものがその本質によって世界で孤立してしまうことが自ずとわかる。低劣で非難すべきものを示すのに、普通に存在している者を言い表すgemeinという表現ほど的確なものはないのだ。

§

意志は物それ自体として、あらゆる生物に共通した素材であり、あらゆる事物の全般的な要素である。したがって我々は全ての人間や全ての動物とさえも、それどころかもっと低次な動物と共にこの意志を共有しているのである。全てが意志によって満たされ溢れている限りでは、意志という点では皆等しいのである。これに反して、生物を生物の上に高め、人間を人間の上に高めるのは認識である。そのために我々の表現はできる限り認識に留めるべきであり、ただ認識だけを露わにさせるべきである。なぜなら全く一般的である意志は、卑俗なものだからだ。すなわち意志が激しく表出するのは全て卑俗なのだ。すなわちそれは種属の単なる例と見本に引き下げるのである。なぜなら我々はそういう場合に同じ種属の性質を示すだけである。そのためあらゆる憤怒や激しい喜び、あらゆる憎しみや恐れ、端的に言えばあらゆる情動、すなわち意志のあらゆる動きは卑俗である。意志が苛烈になり、意識において認識を圧倒し、人間が認識する存在ではなく意欲する存在となるように見える場合がそうなのだ。このような情動に身を委ねる場合には、最大級の天才も最も卑俗な人間と同等となる。卑俗でない者、偉大でありたいと思う者は、譬えどれほどそれが誘惑してこようとも、意志の優位的な動きによって意識を完全に占領されるようなことはあってはならない。それ故例えば相手が自分を憎んでいることを感じ取るようなことあっても、それで自分も憎しみを向けるようなことをしてはならない。誹謗中傷の表現に対して超然としていることほど偉大さを確実に示すものはない。なぜなら、他の無数の誤謬と同じく、それを向ける者の虚弱な認識のせいだとすぐにして、ただ誹謗中傷の言葉を知覚しつつもなんとも思わないからである。「あいつもただの人間なのだと気付かれること以上に、人間にとって害悪なものはない」とグラシアンが述べたことも、このことから理解される。

先に述べたように、人は意志を隠すべきだが、これは自分の性器を隠すのと同じである。両方とも我々の本質の根っこであるが、表情の如くただ認識だけを見せるようにしなければならない。それを犯せば卑俗となる。

劇においてさえも、それが本質的に情熱や情動を主題とするものならば、すぐに卑俗なものとして見られる。これは特にフランスの悲劇作家において顕著であり、彼らはただ情熱を描写すること以上の高い目標を持っておらず、大げさで滑稽な情熱や警句めいたセリフを用いることで事柄の卑俗性を隠そうと務めるのである。高名な女優のラシェルはメアリー・スチュアートを演じてエリザベスに対して口汚く罵る場面を演じている時に、確かにそれは名演と呼べるものだが、同時に魚売りの女も連想させたことを私は思い出す。そして最後の感動的な別れの場面、つまり真に悲劇を描く場面においても、その悲劇性は喪失されてしまっていた。フランス人はこのような情緒を全く理解することができないのだ。同じ役割をイタリアの女優リストーリは比較にならぬくらいに巧みに演じた。イタリア人とドイツ人は様々な点で大いに異なっているけれども、芸術の内的で厳粛で真実さを感じ取るという点では一致しており、そんな感情を全く欠いているフランス人とは対極的なのだ。これは演劇に限ったことではなく、あらゆることで見て取れる。——高貴、すなわち非凡で崇高ですらあるようなものが劇に見られるのは、まず何よりも意欲とは対極的な認識によってである。すなわち認識はあらゆる意志の動きからは自由にあり、これを観察の素材にさえするのである。これは特にシェイクスピアが用いるやり方だが、特にハムレットにおいて顕著である。認識の力が昂じてあらゆる意欲や営みが虚無にまでになり、その結果意志自体が止揚される点にまで至るならば、戯曲はそこで本当の意味での悲劇的なものとなり、真正に崇高で最高度の目的を達するに至るのである。

§

知性のエネルギーが張り詰めていたり緩んでいたりするのに応じて、人生はとても短く、取るに足らず、束の間で、人生において現れるもので我々を動かすに値するものは一つもなく——享楽にせよ富にせよ、名声ですらも、全てがくだらぬものであり続ける。そして何か欠乏するようなことあったとしても、それが大きな損失であるには思えなく思える。——だが他方で、知性にとって人生はとても長く、とても重要で、何から何まで内容豊富で厄介なものにも映り、全身全霊をその人生に投げかけ、その財宝に与り褒賞をその手に収め、自分の計画を成就させようとする。後者の方の人生観は内在的なものであり、グラシアンが「真剣に人生を受け取る」ということ言葉で言い表していたものである。これに対して前者の方は超越的な人生観であり、オウィディウスが non est tanti【それほどのものではない】というまく言い表していて、さらにプラトンはもっと巧みに οὔτε τι τῶν ἀνθρωπίνων ἄξιόν ἐστι μεγάλης σπουδῆς【大きな努力は人間たちに値するようなものではない】と言い表した。

最初の述べた人生の捉え方はどこから来るのかというと、意識において認識が優位を占めて、意志に単に仕えていただけのことものから解放された結果、人生の現象を客観的に把握し、その虚無と不毛さについてはっきりと見てとることをもはや誤らないのである。これに反して後者の方の捉え方は意欲が優位的でただ認識はこの意欲の対象を照らし、それに至るまでの道を明るくするためにあるだけに過ぎない。――意欲が優勢か認識が優勢かに基づいて、人間は大きくもなれば小さくもなるのである。

§

誰でも、自分の視野の限界が世界の限界となる。知性においてこれが不可避的であるのは、肉眼で見る場合に天と地の地平線が触れ合っているように視認してしまうことと同じである。同じように、例えば各々が各々の尺度で、それは大抵の場合単なる仕立て屋の尺度に過ぎぬが、我々は測り、それを甘受しなければならないということや、各々がその取るに足らぬ様を我々にも押し付けてきて、そんな空想が世間において断然認められることもこれが原因である。

§

世の中にははっきりしない、特定の人にしか浮かんでないような非常に稀有な概念があって、その存在はただその名前によってどうにか存続して概念と呼ばれており、それがなくなれば完全に喪失してしまうような概念が幾つかある。その類のものとして例えば叡智の概念がある。これはほとんど全ての頭脳において何と漠然と浮かぶものだろうか！哲学者たちの説明を見よ。叡智は私にとっては単なる理論的なものではなく、実践面でも完全であることを示すものと思われる。私ならこれを次のように定義する。事物の全般や普遍における完全な、適切な認識であり、人間の営みを常に導くものであるから、その行動においても表出するほどに完全に骨の髄にまで染み込んでいるものである。

§

人間において全て根源的なもの、そしてそれゆえに全て真正なものは、自然の力のように無意識的なものである。意識を通して表出したものは、そのことによって表象となる。それ故その表出はいわば表象の伝達である。それで性格や精神の真正で根拠ある特性全ては、元々無意識なものであり、だからこそ深い印象を与えるのである。他方で全て意識あるものは、既に矯正を受けたものであり意図的なものである、それゆえに装い、すなわち欺きを宿しているものである。人間が無意識的に行うことは労力を何ら払う必要のないものではあるが、いかなる労力でもそれを補うことはできないのだ。あらゆる真正の業績の根底にありその核を成すものとして根源的構想があるが、これは無意識において生じるものである。そういったわけで先天的なものだけが真正で確実なものであり、何かしらのものを成し遂げたいと思っている者は、あらゆる事柄における行うこと、書くこと、造ることにおいて、自分ではそうとは知らぬうちに規則に従わなければならないのだ。

§

自分の人生の幸せを、ただ心地よい微笑みで人の心を魅了したというだけで獲得したという人がいるのは間違いないことだ――だがこのことは注意したほうがいいだろう。そしてハムレットの銘板から「人は微笑んで、微笑んで、悪党にもなり得る」という言葉を知っておくとよい。

§

輝かしく偉大な特性を持った人たちは、自分の欠点や弱点を認めたり、それを他人に見せたりすることを何とも思わない。彼らはそうした欠点、弱点は自分の美点によって相殺できると考えている。あるいは、そういった自分の欠点は相手に恥をかかせ、相手は自分の欠点に敬意を払うとすら考えているのだ。特に、このような欠点が彼らの偉大な特性と結びついている場合は殊更にそうである。つまり conditiones sine quibus non【そうでなければありえないという条件】で、既に述べたジョルジュ・サンドの言葉「各々は自分の徳に基づいた欠点を持っている」が当てはまるわけである。

これに反して立派な人間性を持ち非の打ち所のない頭脳を持ちながら、自分のわずかで瑣末な欠点について認めようとはせず、むしろそれを入念に隠し、少しでもそれを仄めかすと敏感に察知する人間がいる。これは彼らの価値は全般的に欠点や弱さがないことに起因するのであり、欠点が露わになることがあればそれだけ直接的に自分が小さくなってしまうのである。

§

凡庸な輩が謙虚なのは単に誠実に過ぎないのだが、大きな才能を持った者が謙遜するならそれは偽善である。公然とした自尊心と並外れた力を包み隠さずに意識していることこそ、礼儀に基づいていると言えるのであり、これは凡人にとって謙虚さが礼節であるのと変わらない。ウァレリウス・マクシムスは「de fiducia sui」【私自身の信条について】の章において、このことについて非常に巧みな例を持ち出している。

§

調教を受ける能力においても、人間はあらゆる動物に勝る。イスラーム教徒は一日に五回、顔をメッカの方に向けて祈祷するように言いつけられると、絶対にそれをやり通す。キリスト教徒は特定の場合において十字架を切って頭を下げるように言いつけられている等々。基本的に宗教とは実に調教の傑作なのだが、それは特に思考能力の調教である。それ故周知のように、その調教は早く始めても早過ぎることはないのである。どんな明白な不条理も、六歳になる前からそれを絶えず厳かな真剣さで言い聞かせて刻みつけるようにすれば、どんな人間の頭脳にもしっかりと埋め込まれてしまう。というのも動物の調教と同じように、人間の調教も幼い年齢から行うことでよってのみ完全なものとなるからだ。

貴族の受けた調教は、自分の誓約を神聖なものとして守り、騎士道のグロテスクな規範を全く真剣に疑いもなしに信奉し、必要な時には死によってそれを確かなものとして守り、国王を実際により高い存在であると看做すことに他ならなかった。——我々の儀礼や挨拶、特に婦人に対して敬意を払うことはこの調教に基づくものである。また生まれや地位や称号について敬意を払うのもまたこれと同じである。また自分に恥をかかせるように向けられたことに対して、徐々に確実に不快を覚えていくのもこれと同じである。例えばイギリス人は自分が紳士ではなくむしろ嘘つきであるという非難が向けられたり、フランス人が臆病者、ドイツ人が阿呆と言われるのは万死に値する罪と看做されるように調教される等々——多数の人々は絶対に破ってはならぬ誠実性は一種類しかないと調教されていて、残りについてはそこまで守ろうとするわけではない。そういったわけで多数の人間は金は盗まないが、直接的に享受できるものは何でも盗むのである。多数の商人は良心の咎めなく騙すのだが、盗みについては全くしない。

§

医者は人間の弱い部分だけを見て、法律家は悪徳だけを見て、神学は愚かさだけを見る。

§

私の頭には常にある野党がいて、それは私が最大限の熟慮の末に行動したり決心したりすることがあったとしても、いつも後々から論ってくるのである。そしてその内容が必ずしも適切とは限らないのだ。これは修正を施そうとする批判精神の一形態であろうが、不当な非難をすることもしばしばである。他の多数の人間もこのようなものだと私は推測している。誰もが次のことが自分に当てはまるのではないだろうか？

quid tam dextro pede concipis, ut te Conatus non poeniteat, votique peracti?
【そのような能力でどのように動いたか、試みと願いの成功を後悔しないために？】

§

直観的な脳の営みにおいて感官が刺激を毎回必要とせずに活動に至れるほどに十分に強いならば、その者は旺盛な想像力を持っていると言えるだろう。

このことに相応するように、我々の直観が感官を通して持ち込まれることが少なければ少ないほど、それだけ想像力は活発になる。牢獄や病室での長きに亘る孤独、静けさ、黄昏、暗闇はその想像力の活動を促すものである。それとは逆に、直観に対して外部から現実的な素材が多数供給される場合、すなわち旅行や世の雑踏に赴いたり、白昼の時であるならば、想像力は休息をとり、活動を促そうとしても休息したままでいる。時宜に適わぬものと思っているのだ。

だが想像力が豊かに働くためには、多数の素材を外界から受容しなければならない。なぜなら外界だけが貯蔵室を満たすからだ。だが空想力の栄養は肉体の栄養と同様である。肉体が外部から多数の栄養を持ち込まれてそれを消化するに至ると、あらゆる仕事に甚だしく不適当な状態になり、休息したがるのである。だが後になって然るべき時に発揮するあらゆる力はこの栄養に負っているのである。

§

世論は振り子の運動の掟に従う。片側において重心を超えて振り上がっていったら、それと同じ程度にもう片側に振り上がらなければならない。時が経過して初めて、その適切な静止点が見つかり動かなくなる。

§

空間的な距離を取ると全てが小さくなり縮んでしまい、結果その欠陥や不都合は消えてしまう。それ故縮小鏡やカメラ、オブスクラでのぞいてみると、全ては実際のものよりも遥かに美しく見えるのである――これは空間だけでなく時間においても過去が同じ働きを持つ。過去の追憶において遥か遠くにある光景や事件やそこに登場してくる人物は、非本質的であったり妨げとなる部分は全て抜け落ちてしまい、非常に愛おしいものとして現れ出るのである。現在においてはこうした有利なことは欠けているのだから、常に欠陥があるのだ。

そして空間において、小さい対象も近くでみると大きく映る。非常に近ければ、我々の視野全体を覆ってしまう。だが幾分か離れてみるならば、それは小さなぱっとしないものとなる。同じことが時間においても言え、我々の日常的な生活や営みにおいて生じる小さな出来事や不幸や事件は、それが現在のこととして眼前にある状態ならば我々にとって大きく、意義があり、重要なことであり、興奮や不安、不機嫌や情動を掻き立てるのだが、倦まぬ時の放流によってすぐに幾分か遠くのものとなったならば、それは些事で、取るに足らぬものとしてすぐに忘れるようになる。それはそれが大きく思えたのは間近にあったからである。

§

喜びや悲嘆は表象ではなく意志の情動であり、記憶の領域内にあるものではない。そういったわけでそれそのものを呼び戻して、新たに味わうということはできないのであり、ただそのそれらが伴っている表象を再び現在にもたらすことができるだけである。だが特に当時の表出を呼び起こすことで、それがその在り方を推し量ることができるのだ。それ故我々の記憶における喜びと苦悩は常に不完全であり、過ぎ去ったものとして我々にはどうでもいいものなのだ。それで我々が過去の愉悦や苦痛を時々呼び起こそうと努めたとしても、それは徒労に終わってしまうものなのだ。なぜなら両者の本質は意志にあるからであり、意志はそれ自体記憶を持たず、記憶は知性の機能の一つであり、その本性上単なる表象以外の何も提供することも受容することもない。そして今の場合はそれが問題ではない――我々が不幸な日々を送っている時に過去の幸福だった時をとても鮮烈に思い起こし、一方で幸福な日々を送っている時は不幸だった日々を非常に不完全に冷淡に思い起こすのはいかにも奇妙なことだ。

§

記憶においては、覚えたことが錯綜したり混乱したりすることは気にかけることだが、覚えることがあまりに多すぎることについては心配には及ばない。覚えたことが多かったとて、それで記憶力が減退することはない。それは連続的に砂を色々と形作るとしても、そこから新たな形のものを形成することが減じないのと同じである。この意味で記憶は底なしなのだ。だが一人が多種多様な知識を覚えていくと、そこから現在求めているものを引っ張り出すことに多くの時間がかかるようになる。なぜならその人は商人の如く、大きく様々なものが蓄えられている倉庫から、要求された品物を探し出しているのと同じである。あるいは本質的な点を話すとすれば、その人は以前練習を積んだ成果として、あり得る多数の呼び起こした思考過程から要求されたものへと到達しなければならないのである。なぜなら記憶は保管するための入れ物ではなく、単なる精神力を練磨させる能力だからである。それ故に我々の頭脳は決して actu

【行動に】所有するのではなく、ただpotentia【所有に】所有するのが常である――このことについては『根拠律の四つの根について』という私の論文の第二版第四五節を指摘しておく。

時々私には外国語の単語とか名前とか術語とかでよく知っているはずなのにどうにも思い出せないことがある。その場合、それを思い出そうと大なり小なりの時間苦心した後、全く断念してしまう。だが一時間か二時間すると、稀にはもっと後、時には四週間、六週間経ってからだが、全く別のことを考えている時に突然探し求めていた言葉が、まるで外から囁きかけるように閃くのである（この場合、記憶術による印として、完全に記憶に刻印されるまでに差し当たり心に留めておくと良い）。私はもう何年も前からこの現象と遭遇し驚いてきた。そして今ではその要因が次のようなものとして説明できると思っている。私の意志が苦しく徒労に終わる探索を行った後も、探していた言葉を渇望していて、知性においてその番人を配置するのだ。そして私の思想が戯れているうちに、探し求めている言葉と最初の文字が一緒だとか似たような単語だというのにたまたま遭遇すると、この番人はそれに直ちに飛びついて、探し求めているものを補う。そして番人はそれをぐいと掴み、すぐに勝ち誇ったように引きずり連れてくるわけだが、私は彼がそれをどこでどのようにして掴んできたのか見当がつかない。それ故まるで囁きかけられたかのように出現するのだ。それはある言いたい言葉があるがそれがどうにもわからぬ子供に対して教師がとうとうその最初のあるいは最初の二つの文字をそっと教えてあげて、当の言葉が出てくるのと同じである――このように事が進んでいかない場合は、全てのアルファベットの文字を体系立てて用いて探している言葉を探す他ないのだ。

§

具体的なイメージの方が単なる概念よりも強く記憶に残る。このため空想力の強い頭脳の方が語学の学習において他よりも簡単に取得できる。というのもその他の人間はただ自国語の単語と同じ意味のものを外国語に結びつけているだけなのに、空想力の強い人間はその外国語の新たな単語についてその意味するところの具体的な像と結びつけるからである——。

何か記憶に留めておきたいものがあったなら、直接的にせよ、あるいはその事柄の実例や単なる比喩にせよとにかく何にせよ、それを出来る限り具体的なイメージへと還元するように努めるべきである。なぜなら全て具体的なものは、単に抽象的な思考や言葉だけのもの以上に遥かに強く記憶に留まるからだ。これ故に我々は自分が読んだものより経験したものの方を遥かに覚えてしまうのである——。

機知を通じて直接的なものを間接的に覚えるのにMnemonik【記憶術】という名称をつけるのは適切ではない。むしろこれは記憶の体系的理論として適切なものである。それにおいては記憶の特性全てを解明し、その本質的な性質さらにその相互関係から記憶の特性を導き出すものである。

§

人は取得するのは時たまに過ぎぬが、忘れることはたびたびである。この場合、我々の記憶は篩に比べることができる。時が経過して使用されていくことによって、残るものは少なくなっていく。我々が年齢を重ねていくとそれだけ記憶に託したばかりのものも消えていくのが早くなるのである。それに対して若い時代に記憶に刻印されたものはいつまでも残っているものである。それ故老人の思い出は昔のものに遡れば遡るほどに鮮明なものとなり、それが現在のものであればあるほど漠然としたものとなる。これはつまり、目と同じように記憶力もまた πρέσβυς 【老眼】 になってしまうのである。

§

特別な外的な動因もなく、むしろ内発的にただ生理学的にのみ説明できるような感受性の高まりによる瞬間が我々の人生にあるのだ。その時周囲やその時の状況についての感性的な把握が、珍しいほどに高度な明瞭さで心に受け止められ、これによってこの時の瞬間は後になって記憶において消されないほどに刻印され続け、その個性全体が保存されるのである。だが類似した瞬間が何千もある中で、どうしてそれだけが記憶に留まるのかを我々にはわからずじまいである。むしろこれは全く偶然なことで、完全に絶滅した動物種族の個々の標本として岩石層において保持されていたり、本をバタンと閉じた時にたまたま押し潰してしまった昆虫が如きものであろう。だがこれらの類の思い出は、それでもいつも魅力的で愉快なものなのだ。我々の過去における多数の場面や出来事は、その時は格別な尊重を払うことなく過ぎ去ったというのに思い出の中では何と美しく意義あるものだろう。だが尊重しようとしなかろうと、過ぎ去らねばならなかったのだ。なぜならそれらは我々の生涯の思い出の肖像を形成するモザイクの石に他ならないからだ。

§

とうに過ぎ去ってしまった光景が一見して何の原因もないのに突然に鮮烈と思い出に蘇ってくることが時々あるのだが、これは多くの場合、はっきりとした意識に上るには至らない微かな香りが、当時の場面と同じように感じられることからくるのだろう。というのも周知のように、匂いは特に記憶を呼び起こしやすいのであり、「nexus idear.um」【諸観念連結】はただ外部のちょっとした刺激だけを必要とするのが常だからである。ついでに言うならば、視覚は知性の感官であり（『根拠律の四つの根について』第二一節）、聴覚は理性の感官である。そして嗅覚はここで述べたように記憶の感官である。触覚と味覚は接触と結びついている現実主義者であり、理想的な側面がないのである。

§

記憶の特性に属するものとして次のものがある。ちょっとした酔いにあると過ぎ去った時間や光景の思い出を大いに高め、その時のあらゆる状況を完全に呼び起こすという素面の状態ではとてもできないようなことが出来るに至るのである。他方で酔っている状態の時に言ったことや行ったことを思い出すとなると平常時よりも不完全なものとなり、強烈に酔ってしまった後だと完全に忘却してしまう。すなわち酔いは追憶を高めはするけれども、これに素材を提供することは少ない。

§

錯乱は直観を歪める。狂気は思考を歪める。

§

あらゆる精神的活動の中で最も低次なものは算術であるということは、それだけが機械によって実行できる唯一のことであるという事実がその証左となる。ちょうど現在のイギリスではこの類の計算機が便宜のためにすでに頻繁に使用されているのである。——だが「有限ならびに無限」についてのあらゆる解明は、根本的なところではそれは計算が大部分を成すのだ。「数学的深遠」もこの観点から評価するべきであり、リヒテンベルクも次のような言葉で冷やかしている。「いわゆる数学の専門家というのは、他の人々が未熟であることに依存する形で深遠さという評を得ているのだが、それは神学者が自分達について看做している神聖さと大いに類似している」

§

偉大な能力を持った人間は平凡な頭脳の持ち主よりも極度に狭窄な頭脳の持ち主とうまくやっていけるのが通例である。これは暴君が賎民と、祖父母が孫と自然に同盟を結んでいることと同じ理由である。

§

内部に基づいた活動を持たない人間は、外部に基づいた活動を必要とする。これに対して内部に基づいた活動を行うものは、外部に基づいた活動は非常に不都合な、それどころか忌々しいほどの妨げや迷惑となることが多い――外部に基づいた活動を行う者は慌ただしく、目的もないのに旅行したいという欲求を持つことから説明がつく。彼らが幾多の土地を駆け巡るのは、側から見ると滑稽なほどに家で群れ合って時間を潰すのと同じ退屈から来るものである。[3] この真理の何よりの証左となるものとして、私がかつて出会った見知らぬ五十歳の男についての話があり、彼は遠い土地や未知の大陸を二年間周遊したことを話してくれた。私は彼にその旅行で大きな苦労や欠乏や危険を潜り抜けてきたに違いないと述べたところ、彼はすぐさま、省略三段論法の前提の下で、次のような極度なまでに素朴な返事を単刀直入に述べたのである、すなわち「一瞬たりとも退屈を覚えたことはなかった」と。

§

人が一人でいる時に退屈を感じるのは、私には別段不思議には思われない。彼らは一人では笑うことができず、そのようなことは愚かなのだとすら思うのだ。――笑いというのは言葉のように単に他者へのシグナルであり、単なる合図だろうか?――彼らは空想力並びに精神の活発さがそもそも欠けていて（英語では dulness といい、テオフラストス『人様々』第二七章では ἀναισθησία καὶ βραδύτης ψυχῆς とされている）、それ故に一人でいても笑えないのだ。動物は一匹でいる時も、群れをなしている時も笑わない。

人間嫌いのマイソンが一人で笑っていた時、ある男に不意を突かれる形でどうして一人でいるというのに笑っているのか、と尋ねられると——彼は「だから笑っているんだ」と答えた。

§

それにしても粘液質的な気質を持った人間は単に馬鹿ではあるが、楽天的な多血質な人間は変わり者とされる。

§

芝居を観に行かない人間は、鏡を使わずに化粧をする人間に似ている。——だがもっとお粗

3　原注：さらに、退屈は大きな災の源泉である。賭博、暴飲、浪費、陰謀、その他の災厄の根底は退屈に起因するものなのだ。

末なのは、友人の助言を得ずに決意を固める人間だ。なぜならどんなことにも適切で的確な判断を下すことができる人間でも、自分のことになるとそうはならないからだ。なぜなら意志がすぐさまに知性を狂わせてしまうからだ。それ故人は助言を得るべきであり、同じ理由から、皆を治療する医者も自分を治療するになれば、同僚を呼ぶのである。

§

活発な会話に常に何かしら伴ってくるようなありふれた自然な身振りはある種の独特な言語であり、これは確かに自国の言語とは無関係であり、どの国民においても同一である、言葉よりも普遍的なものなのだ。だがこの身振りも国民の活発さの尺度に応じて用いられ、幾つかの国民、例えばイタリア人においてはその共通的な身振りに加えて単なる慣習的な身振りも加わり、結果そうしたものは地元においてのみ通用するものである。身振りの普遍性は論理や文法の普遍性と類似している。なぜなら身振りはその都度の話において実体的なものではなく形式的なものを単に表現するからだ。だが身振りが論理や文法と異なる点は、それが単に知性ではなく精神的な点において、すなわち意識の活動とも関係するという点にある。身振りはメロディの適切に進行していく通奏低音のように会話に付随していき、その会話の効果を高めるのに役立つ。だがここで興味深いのは談話の形式が同じであればその時の身振りも全く同一なものとなることである。これは談話の実質、すなわちその素材、その度の内容が異なっていたとしても身振りは同じなのだ。そういったわけで私は窓の外で行われている活発な会話において、その言葉が一言も聴き取れなかったとしても、その普遍的な意味、すなわち単なる形式的、典型的な意味を理解することが十分できるのだ。なぜなら話者が現在根拠を持ち出しながら議論していて、そしてそれを限定し力説し勝ち誇ったように結論を下していることや、自分に対して加えられた不正を説明し、相手の強情さ、愚かさ、融通の利かなさについて勢いよく訴えるように示して審判を下していることがわかるからだ。あるいは彼が自分の入念な計画を考案、実行し、それを成就させたことを勝ち誇ったように説明したり、あるいは運命に見捨てられて敗北を喫したことを訴えていることや、直面している事態について途方に暮れていることを告白していたり、彼が他人の奸計を時宜よく見抜いて自分の権利を主張したり、力を用いてそれを座礁させ企んでいた当人を罰したことを物語っている——その他似た多数のことが身振り手振りによってわかるのである。だが単なる身振りが私に本当の意味で投げかけてくるのは、会話全体の本質的に精神的または知性的な内容であり、それは抽象的なもの、すなわち話の真髄、真正の実体であり、これは動因が多種多様でありその結果素材は様々であったとしても、常に同一なのであり、概念がそれを包摂する個々のものの如き関係である。身振り手振りに関した事柄において最も興味深く面白い点は、すでに言われたように、それを用いる人間がどれほど多様でもそれを示すための身振りが全く同一で不変なものであることであって、それはある言語の単語はどの人間の口から発せられても同じであり、ただ発音や学習によるわずかな違いのような小さな矯正が加えられるに過ぎない。だがこのような身振りの一般的、恒常的に守られている形態は、根本的に取り決めがあるというわけではなく、ただ自然に起源的に真正の自然言語として生じたものであり、それは模倣と慣習により定まっていったのである。身振りについてより厳密な研究をすることは周知の如く俳優において必要であり、その範囲はもっと狭くなるが公において演説する人間にも必要である。だがその研究は専ら観察や模倣に依るものとなる。なぜなら身振りは抽象的な規則に還元することが十分にできないからだ。全く普遍的に導かれる根底原理が幾つかの例外としてはある。例えば身振りは言葉に続いて発せられるものではなく、むしろ予告して注意深く喚起しながら言葉の直前に発せられるべきものという原理である。

イギリス人が身振りに対して特有の軽蔑を持っていて、それを品位を損ない卑俗なものだと幾分か看做す――私としてはそれこそがイギリス式の愚かな偏見の一つに過ぎないように思える。――なぜなら身振りは自然が全ての人間に備えて全ての人間が理解するような言語であるからで、自分たち好みの紳士作法のためだけにいとも簡単に撤廃して嘲笑するというのは、憂慮すべきことだろう。

教育について

我々の知性の性分は、直観から生じた抽象を通して概念を生じさせるものであり、それ故直観が概念よりも先行するわけである。このような道をとる場合、経験を教師や書物から得るだけの人に比べて、どういう直観の下に自分の概念が属するのか、そしてその概念が表すのはどういう直観であるのかを、よく理解しているのである。そういう人は直観も概念も正確に把握していて、自分の前に生じている事物を正しく取り扱うことができるのである。このような手法を自然な教育と名づけることができよう。

これに対して、実際の現実世界に出ていき、ある程度広く通じるよりも前に、授業や読書や説教によって概念を頭に詰め込むというのは人為的な教育ということになる。そういった直観の下で生じるあらゆる概念は後になって経験によって与えられるはずなのだが、そうなるまでは誤ったものとして使用するのであり、それ故に、事物と人を誤って判断し、誤った目で見、誤って取り扱ったりするのである。こういった教育をとれば、教育を受ける生徒たちの頭脳を歪んだ状態にさせ、私たちは若い時に長きにわたって勉強したり読書したりするにも拘らず、社会に出るときは愚鈍であったりひねくれたりしていることがしばしばある。そして社会においてビクビクしたり誤った態度で接してしまうのである。それというのも、私たちの頭脳には概念がいっぱいに詰め込まれているが、いざこれを実際に適用しようとしても、真逆の効果をもたらすとするのがほとんど常である。これは本末転倒【ὕστερον πρότερον】による結果であり、つまり最初の概念を学びその後で直観を受け取るという私たちの精神の本来の発達過程とは真逆の方向をとっているのである。というのも教育者は自分で判断し考えるという能力を子供たちに教え込むのではなく、ただ彼らの頭に出来上がった彼らにとって得体の知れない考えを詰め込むだけであるからだ。すると後から概念の誤った適用からくる判断を矯正するには、長い経験を要することになる。このような訂正が完全に行われることは稀である。学識とはほとんど無縁な人間が常識をしっかりと身につけていることがよく見られるが、他方で学者の大半が非常識なのもこの為である。

§

実世界というものに通じることこそが、教育において最重要な要点であると言えるのだが、それを達成するためにはまず正しい末端部分から始める必要があるだろう。すでに示したように、これはあらゆる事実においては概念よりも直観が先行するという点に基づくのであり、さらに言えば狭い概念が広い概念に先行するのであり、そのため事物の概念が互いを前提とするような順序を全ての教育がとらなければならない。だがそういった順序をどこかすっ飛ばしてしまうと、すぐに不足部分が生じ、やがてそこから誤った概念が生まれて個人として独りよがりな世界観が出来上がってしまう。それは長い期間にわたって、というより大抵の場合は生涯にわたって、そのような概念を運び回って生きていくのである。自分自身について吟味してみれば、多数のそれも相当単純な事物とその関係についても、正しくあるいは明瞭に理解したのは、相当成熟した年齢になってからであり、それも突然そうなったこともしばしばであることに気づくだろう。このことは世界との面識について何か不明瞭な点があったからだが、それは他人による人為的な教育にしろ、あるいは単なる経験による自然的な教育にしろ、初めての教育においてある対象をすっ飛ばしてしまったために生じたわけである。

　それ故認識の本来の自然な順序について探求していく必要があるが、そしてその順序によって子供たちに体系的に世界の事物とその関係性について通じるようにし、後になるともう追い払えないことが多いような下らぬ戯言を頭に入れないようにしなければいけない。その場合には、まず子供たちには明白な概念が付帯していないような子供を使わせてはならない。[4] だが直観が概念に先行しその逆ではないことがやはり最重要なことには変わらないのだが、普通はやはり逆になってしまっているという望ましくない事態であり、あたかも赤ちゃんが足から生まれてきたり、詩が初めは言葉ではなく韻から書かれるような事態なのである。子供の精神が直観に対してはまだ完全に貧弱な状態にあるのに、大人たちは彼にすでにある概念や判断を無理やり押し込み、それが文字通り先入観になる。そして子供はこのような既成の器具を後になって直観と経験に持ち込むことになる。本来は直観と経験が初めにくるものであるにも拘らず、である。直観は多面的であり豊かなものであり、それ故にそれは思考を注げばすぐに得られる既成の抽象的な概念と同等な関係にあるのではない。すでに頭に染み込んでいるそのような概念を矯正しようにも、時間が相当かかり、死ぬまでその矯正が終わらないこともある。というのも、そういう概念が誤っていると指摘したところで、その先入されている己の概念を傷つけないために、一面的に過ぎないと非難され撥ねつけられ、無視されてしまうからである。こうして多くの人間は生涯の間に、下らぬこと、気まぐれ、思いつき、妄想、偏見に支配されながら動き回ることになり、それが最終的には固定観念になってしまうのである。彼は己の基礎的な概念については直観と経験から自分で引き出したことを試みなかったではないか。全てはもう完成された形で自分に注ぎ込まれたのだから。あれだけ数え切れない人間が、浅薄で皮相的なのはこのためである。このようなことにならぬよう、子供時代から認識の発達については自然に適った進行を乱してはならないのだろう。いかなる概念も直観という媒介なしで持ち込まれてはならないし、少なくとも直観なしで信じ込ませてはならない。そうすれば子供は根本的な正しい概念を少ないにしろ受け取ることになるからである。そして他人ではなく自分の尺度に従って事物を測ることを学んでいくことだろう。そして子供は無数の気まぐれや偏見について惑わされることはなく、そういったものを追い払うためにその後の経験や人生の学校における

4　原注：事物を実践において理解しようとするのではなく、言葉だけを暗記してそれで満足し、いざ事に直面した時にそれでなんとかしようとする不幸な性分は、子供時代から多くの人々に見られるものである。そしてそういった性分が人生の後まで響いていくのである。多数の学者の言葉に空虚さがあるのもこのことが原因である。

大多数の時間を注がないといけないこともなくなる。そしてそうした精神は常に徹底的に明白に、己の判断に依拠し心乱されぬことだろう。

子供たちが人生をあらゆる観点において学ぶ場合、原典【オリジナル】よりも模写【コピー】の方を早く知るようなことがあってはならない。彼らの手に無思慮に本を与えるべきではなく、事物と人間関係について段階的に教えるようにするべきである。とりわけ大事なのは、現実性を純粋に認識させるように彼らを導いてやることにあり、その概念を現実世界から常に直接的に汲み取らせなくてはならない。本や創作話や他人の話という具合に他の場所から汲み取り、そうした既成の概念を現実に適用させないようにしなければならない。さもなければ幻想でいっぱいになった子供たちの頭脳は、物事を誤って捉えたり、そういった幻想に基づいて現実を変えようという無益な努力に骨を折ってしまい、さらに理論的にあるいは実践的な面における誤謬に陥ってしまう。というのも幼い時から植え込まれた妄念とそこから生まれる先入観がどれだけの不利益をもたらすのか、その甚だしさときたら信じられないほどであるからだ。それ故社会と我々のその後の現実的な人生が施す教育は、それらの妄念を専ら修正すること向けられなければならないくらいである。ディオゲネス・ラエルティオス（六の七）が報告するところでは、誰かが「学ぶにあたって一番肝要なことは何か」と尋ねたところ、アンティステネスが「悪いことを忘れることだ」と答えたことも、このことに基づくのである。

§

早い段階から吸収した誤謬は大抵の場合消え去ることはなく、判断力は一番遅くに熟するときているから、子供たちには十六歳になるまでは大きな誤謬が孕んでいる見込みのあるあらゆる学びから遠ざけたままにしなければならない。つまりあらゆる哲学、宗教、そしてあらゆる類の一般的な見解といった学びであり、数学のような誤謬が孕む可能性がないものや、あるいは語学・自然科学・歴史等々とあったとしても大きな危険性のないものについて従事させなければならない。

基本的にどの年齢においても、手の届く範囲の当人が完全に理解できるような学問だけを学ぶべきである。子供時代と青年時代はデータを収集し、個別のものを特殊なものに、そして根本的に知るべき時期である。他方で一般的な事項についての判断は先延ばしにせねばならず、最終的な説明もそれまでに延期しておかなければならない。判断力というのはその人の成熟と経験を前提とするものだから、それまでには休ませておくべきで、それより前の押し寄せてくる先入観を妨げなければならない。さもなくば判断力がずっと麻痺してしまうのである。

これに対して記憶力は若い時に一番強く持続するわけだから、特にその時期に活用することになるが、それでも記憶する内容については入念に慎重に考え抜いた上で選ばなければならない。というのも、若い年齢の時に深く学んだことはいつまでも当人について回るものだからである。そういうわけでこのような貴重な能力を最も有益なもののために活用するのは尤もなことである。私たちが人生の最初の十二年の間に知り合った人がどれほど深く記憶に刻み込まれ、さらにその当時の出来事や経験し、聞き、学んだほとんどのことが消えることなく記憶に刻印しているかを思い浮かべてみれば、若者の精神の感受性や持続性を教育の基礎にしようとするのは非常に理に適った考え方であり、それは若者が受けるあらゆる印象を指示や規則に基づいた同じく強力な方法的・体系的なやり方で導いていく手法をとることによってである。というのも若い時代は人には少しの期間しか許されていないのであり、記憶力にも限界があり特に個人の覚える記憶力も制限されているからである。それ故あらゆる種類の重要で本質的な事物で記憶力を満たし、それ以外のものは余分なものとして切り捨てることが肝要ということになる。その際の取捨選択は、各々の分野の最も有能で卓越した者によってされるべきであり、その際はこれ以上にないくらいの熟慮を重ね、そのもたらす結果についても確定されなければならない。この選択の基礎として人間一般としてのものと、各々の分野についての専門的、特殊なものとしての、知らなければならない必要で重要なことを区別しなければならない。前者についての知識は段階的に広げていくように過程や教えを分けねばならないが、それは教えを受ける者の一般的な教養水準に基づいたり、外的な事情に基づいて考慮に入れる必要がある。まずは欠かすことのできない初歩的な授業だけを受けさせ、最終的には哲学科の一切の学習過程の内容へと至っていくのである。後者のものについては、各々の専門分野の真の大家たちの裁量に委ねてもよいが、全体としては知的教育の念入りに設定された基準によるものとなるだろう。無論これは十年毎に改訂することが必要になろう。このようなやり方により、若者の記憶力を最大級に有益に活かすことができるのであり、後に現れてくる判断力に優れた素材を提供するだろう。

§

認識の成熟、つまり各々が到達し得る認識の完全性というのは、そのひとの有する全ての抽象概念と直感的把握が正確に結合するようになった状態のことを言う。その場合各々の持っている概念は、直接的にしろ間接的にしろ、一つの直観的な基礎に基づくものであり、それによってのみその概念は本物の価値を有するわけである。同時に、そういう人に表れてくる各々の直観を、その人に適した正しい概念へと包摂することができるのである。このような成熟は、ただ経験の働きによるものであり、それはつまり時間によるものということである。というのも、私たちの直観に基づく認識と、私たちの抽象的な認識は大抵の場合分けられているのであり、つまりは前者は自然な過程を辿ることによって、後者は他者の教示と伝達によってであり、後者については良いものもあれば粗末なものもあるだろう。そういったわけで若い時は、単なる言葉上において学んだ概念と、直観によって把握された現実上の認識とが一致し結合することはそうそうないのである。だが両者は次第に互いに接近するようになり、訂正し合うようになる。そして両者が完全に結合して、ついに認識の成熟がもたらされるのである。この成熟は、各々の認識以外の能力の大小とは全く無関係なものである。というのもそれらの能力は抽象的・直観的認識との関連に立脚するものではなく、両者の程度の度合いに基づくものだからである。

§

実践を重んじる人にとっては、世間が本当の意味でどのように動いているのか、その正確で根本的な知識を獲得することが、何よりも必要な学習となる。だがこの学習を学び終えることができるのは、相当年齢を重ねるまで続くことにあり、とても時間の要する学びである。一方で、理論的学問に関しては若い年齢からすでに最重要な要素についても完全に学び切ることができる。子供や青年時代においては、そういった方面での認識は初心者として、最初の最も困難な課題を学んでいかなければならない。そしてたとえ相応に年齢が熟しても、それでもなお自分で学ばなければいけないことが多数ある。社会の事物について学ぶことはそでにそれ自体において困難なことなのは明らかだが、その困難さを倍加させるのは小説類であり、そこにおいて描かれる事の経過や人間同士の関係は現実社会においては実際は見られないものである。だが若者たちはこれを読んで容易く信じ込んでしまい、精神に刷り込んでしまう。こうして単に社会を知らないのみならず、誤謬を前提とした築き上げられた社会の全体像が正しいものと思い込んでしまうことも加わり、これはその後の経験という学校すらも混乱させ、そこでの学びに誤謬の光を差し込ませてしまう。若者たちはかつては暗闇の道を辿っていただけなのに、今では鬼火によって導かれることになっているのである。娘たちの場合だと事情はもっと悪い。彼らは小説を通して、全く誤った人生観が押し付けられるようになり、とても実現されぬ期待で胸がいっぱいになっている。これは大抵の場合、彼らの生涯全体において不利益をもたらすものである。手職人といった、若い時に小説類を読むだけの時間や機会がなかった人たちの方が、確実に有利な状態にある。前述した非難がを免れている小説も少しくらいはあり、ルサージュの『ジル・ブラース』やその他の作品（むしろそれらの影響を受けたスペイン作品）、さらに『ウェイクフィールドの牧師』や部分的にウォルター・スコットの小説がそうである。『ドン・キホーテ』については前述した誤謬自体を風刺的に描写したものと看做すことができるだろう。

人相学に関して

外面が内面を表し、容貌がその人の本質全体を表現し明らかにすると考えることは、先天的なものからくる仮定であり、次のことから間違いないものと言える。つまり善にしろ悪にしろ、頭角を表した人物、あるいは異常とも言える業績を成し遂げた当の人物を見てみたかったり、あるいはそれが無理でも他の人からその人間の外見がどのようなものだけでも聞いてみたいと思ってしまう普遍的な欲求を機会があれば抱くのが見受けられることである。こうした卓越した人物たちが赴くと思われるところへと人々は押し寄せることもあるし、新聞紙、特に英国新聞、がそう人物について事細かく適切に書き出すことに骨を折り、それに続いて画家や銅版画が具体的なその要望を書き出し、最終的には人々のこのような欲求を完全に満たしてくれるため高く評価されているダゲールの発明した写真術が出てくるわけだ。同様にして、日常生活においても誰かが自分の前にきた誰かを、人相学的に考察し、その顔立ちからその人の道徳的・知性的な性質をあらかじめ密かに知ろうとするのである。だがここで数人くらいの馬鹿はこのことを否定し、あるものの精神と肉体は別々なものだからその人の外見には何の意味もない要素なのであり、ちょうどそれはその人間自身と着ている衣装のような関係だと考えているのである。むしろ、人間の顔は象形文字みたいなもので、解読することもでき、さらにそのアルファベット文字もすでに私たちに完成した形で内在しているとしている。それどころか人の口よりも顔の方が、通常の場合、多くのことや興味深いことを語るのである、としている。というのもそれはこれから語られること全てを載せた便覧のような存在だからである。顔はその人の考えや行動を組み合わせた結果のものである。口は人の思考だけを語るのだが、顔は自然の営みについて語るものである。それ故どんな人にでも、その顔に対して注意を向けるのは価値のあることである、たとえその人と話すことがなくとも、だ。——となると、全ての個人は、各々の自然の考えを有しているから、その顔に注意を向けることに大いに価値があるわけだが、その中でもその美については最高レベルなまでに観察に値するものである。というのも美というのは自然のより高次な、一般的な概念だからだ。それは種族の思考なのである。だからそれが私たちの目を強く釘付けにさせるのである。美は、自然を根本的に顕す主要な思考なのであり、個体はただ副次的な付随するだけの思考に過ぎないのである。

全ての人は「各々は外見通りの人物である」という根本原則に暗黙のうちに従っている。そしてこの原則は当たっているのである。ただ外見のどの部分が先天的であり、どの部分が経験による後天的な部分かを判断することがその適用において難しいのである。そしてそれを完全に読み切ることができる人はいないし、最もその判断に優れた人でも誤りを犯してしまうものだ。とはいえ——フィガロが何と言おうとも——顔が嘘をつくことはなく、あくまでも私たちがそこにないものを読み取ってしまうという誤りを犯してしまうのだ。むしろ顔を解読することとは偉大で困難な技術である。その原理は決して抽象的に学べるものではない。まず必要なことは、相手を純客観的な目で見ることにあるのだが、それはそう簡単なものではない。少しでも相手への好意や嫌悪があったり、あるいは期待、恐れ、あるいは自分が相手にどんな印象を与えているだろうという考えをするだけでも、客観的な象形文字が歪み偽物になってしまう。ある言語の混じり気のない純粋な響きを聞くことができるのはその言語を皆目理解できない人である。というのも理解できたならその言語の意味することがその純粋な音の響きを意識から追い払ってしまうからである。そういうわけである人の人相を完全に把握できるのは、未だ疎遠な人、つまりその顔に馴染んでしまうことのないくらいにそう滅多に面会や会話をしない人に限られる。故にある顔から純客観的な印象を受けて、それによって本当の意味で解読できる可能性があるのは初対面の時だけである。匂いが人を刺激するのは最初に匂ってきた時だけであり、ワインの本当の味を味わえるのは最初の一杯だけである。同様の理屈で、顔が十分な印象を与えるのは最初の時だけだ。それ故その際は集中して注意を向けなければならない。このことは念頭に入れておくべきであり、それどころか相手が重要な人物だった場合には書き残しておかなければならない。自分の相手の人相の観察力に自信がある場合には、だが。その後その人と交際してその性分がよくわかるようになると、その最初の印象は消え去ってしまう。だがその後に、嘗て抱いた第一印象は正しかったことが確証されるであろう。

それはそうと、相手の第一印象は大抵の場合非常に不快をもたらすものだということをあえて隠そうとはしない。大半の顔の無価値さといったら！美しい顔、好意的な顔、精神性の豊かな顔というのもなくはない――やはり極めて少ないものだが。繊細な人が新たな顔と面識を持つ場合、それは実に恐怖にすら似たような感情をもたらすことがほとんどだと私は考えている。

というのは顔の構成要素のどのような目新しく、驚くような組み合わせが行われたとて、不快感をもたらすもので、実際に可哀想になるような眺めをもたらすのが普通であるからだ。それどころか、顔には愚鈍で卑俗的な様相を呈していたり、知性が動物並みに狭まれている様相が浮かんでいたりするのであり、ただただよくもまぁそんな顔で仮面もつけずに外に出歩くことができるものだと思ってしまうくらいである。ちらりと一瞥しただけで自分が汚されるような気分になるような顔もある。なので、新たな顔を見ることによって感じる苦痛から完全に逃れるために、隠遁してそのままの状態にいるような人たちのような特権的とも言える境遇にあることも非難するわけにはいかないものである。――この事実に形而上学的な説明をするとすれば、各々の個性は自身の生存に立ち戻るのであり、訂正されるものだということである。他方で心理学的な説明によって満足するとしたら、長い生涯に亘ってその頭脳に、卑小な、下らぬ、惨めな考えと、世俗的で、利己的で、嫉妬深く、粗末で邪悪な欲求以外は滅多に浮かばないとした時、彼らの人相はどのようなものとなるかを、自身に問いただして見るがよろしい。こういったものが実際に脳裏に浮かんでいる間は、それが容貌にも表れていたというわけである。そうして浮かんだ表情が何回も繰り返されることにより、時の経過とともに痕跡が深く刻まれていくのであり、人が言うように実に痛ましいものとなるわけである。そのため大半の人間はそのような様相を呈しているもので、最初見た時はびっくりしてしまうのだが、徐々にその顔に慣れていき、その印象が消散していき、もう働きかけることがなくなるのである。

だが精神性豊かな顔付きの場合も次第に形成されていくものであり、年輩になってからようやく顕著な表情を浮かばせるようになるが、それも顔の表情が無数の一時的で、特徴的な緊張感を重ね続けることによりゆっくりと形成されていくからである。そういった人たちの若かりし頃の肖像には、その痕の萌芽期しか示していないのも同様の理由である。これは面識のない顔を初めて見た時に驚きを覚えるのも、第一印象においてのみその正しく完全な印象を形成するという先ほどの私の考察と一致する。新たな顔を純客観的に誤りなく捉えるには、その人とは全く関係を持たないようにせねばならず、それどころかできることなら、その人とは会話すらもしてはならない。何らかの会話をすでに交わしただけでも相手に好意を持つようになり、ある種の関連、相互的な主観に基づく関係がもたらされ、それによって相手に対する客観的な捉え方がすぐに損なわれてしまうのである。さらにだれもが相手の敬意や好意を得ようと努めるわけだから、観察されるとその人が気づくやすぐに仮面をつけて慣れた演技をし始め、上辺を取り繕ったり媚びへつらうような顔をし始め、それによって私たちに取り入ろうとするのだから、第一印象ではっきりと見えていたものがもう目には映らなくなる。多くの人間はより知るようになると好意を持つようになると言われるが、むしろ知るようになると欺かれるといった方が正しいだろう。だが後から事情が悪くなると第一印象による判断が正しかったと分かるのが普通であり、それどころかその判断をやめたことを嘲笑ったりすることもあるのだ。その人間とより接すると逆に敵対関係になることもあるが、その場合はその人に好意を持つというのはあり得ないことだ。相手のことをより知るようになると、好意を持つようになるとされている別の根拠は何かと言うと、最初に知り合った時は警戒しているが、互いに会話するようになるや否や、その人間ならではの性分や個性の他、その人の教養も見えてくるからである。つまりその人間の先天的な本来の自然的な姿だけでなく、人類全体の共通財産から後天的に獲得したものが目に入ってくるのである。つまり言われるように、その人間のうち七十五％の部分は、その人間自身ではなく、その人間の外部から由来するものである。そしてこういったミノタウロス的な存在が人間のように話すのを聞いて、驚いてしまうこともかなりある。そして単にその人間についてより親しくなるのではなく、濃密な関係を築いてみるとよい。そうすれば初めて会った時の相手の顔が示していた野獣性が見事なまでに開示されるというわけだ。

それ故相手の人相を鋭利に観察する能力が授けられている人は、親密になる前に行い、それゆえに正しい判断について入念に思い返さないといけない。というのも人間の顔は正にその人物の本質を表しているからである。そしてそれ故に、それによって私たちが欺かれたとしたら、それは相手ではなく自分達の罪だからだ。他方でその人間の話す言葉は単にその人間が考えていることを示すだけであり、大抵それは覚えたこと学んだことであり、それどころかその内容が実際に思っている内容とは違う偽りのものもあり得るのだ。さらに、私たちが相手と会話をしているとき、さらにはその人が別の誰かと会話しているのを聞いている時ですら、その人の真の人相を度外視しているのであり、つまりありありと表れているはずの人相を基準とするのではなく、表面上にあるもの、話している最中の表情に目を向けるだけである。だがこれは相手がそういう風に、いい部分しか顔に浮かべないように巧みに繕っているだけである。

ところで、ソクラテスがその能力について吟味してくれたとして紹介された一人の青年に向かってこう言った。「話してくれたまえ、そうすれば君のことが見えるのだから」（この場合の「見える」というのは単に「聞く」という意味だけではない、とした場合だが）。これは実に理に適ったやり方である。というのも話し始めることによって、表情特に目が活性化し、それにその人の有する精神的な資産と能力がその表情に示されるのだから、その人間の知性の水準や能力について大雑把にせよ評価することができるからである。それこそがソクラテスの目的だったのだ。だがこれに対して異論を挟むことができて、表面よりも深い部分に根ざしている相手の道徳性までは判断できないし、その上、その人間と会話することにより相手の表情がはっきりと表れるようになるから、その表情の動作によって相手を確かに客観的に捉えることはできるけれども、すぐに個人的な関係が結ばれるようになり、すでに述べたようにかすかでも相手に魅力を感じて偏見的な判断が入ることにより、結局は主観的な判断をしてしまうようになる。後者を考慮すれば、次のように言う方が正しいことになる。「喋るな。そうすれば君が見えるのだから」

というのも、ある人間の本当の意味での人相を純粋に深い所まで把握するには、その人物が一人でいてあるがままにいさせる時に観察する必要がある。あらゆる会合や他人との会話において、他人の眼差しを意識するようになり、たいていそれは自分の都合よくなるように、行動と反応を通してそれに基づいた演技をとり、そういう演技と対面することにより好意を抱いてしまうものなのである。それに対してその人が一人っきりでいて誰も相手にしない状態にあるというのは、自分固有の思考と感性の中にどっぷりと浸かった状態にあるのであり、まさしくそういう時のみであるがままの自分があるというわけだ。そういう時にこそ人相を深く射抜いていく眼差しは相手の本質を、通常一回当人に向けただけで捉えることができるのである。完全に一人でいる時こそ、当人の顔自体にその思考と努力の基調が浮かび上がるのであり、一人でいる時こそ、その人の払拭できない根本的な在り方、在り方として有しているものを見てとることができ、その人自身を本来のありのままに感じることができるのである。

人間を知るにあたっての主要な手段は相手の人相を通してなのである。というのも人相は、狭義の意味において、人間の仮面を被った演技が及ばない唯一のものだからである。演技の及ぶ範囲は表情の特徴、模造に過ぎないからだ。故に私は相手が一人っきりで、ありのままの状態にある時にその人物について観察し、さらには相手と会話を交わす前に観察することを勧めたい。その理由の一つとして、そのような時のみ相手の人相は純粋に混じり気のない状態で示されるので、会話を交わし始めるとすぐにその特徴が注ぎ込まれ、経験を積んできた演技を当人は発揮するようになるからであり、さらに別の理由としてはどれほど一時的なものだとしても、他人との個人的な関係が私たちを当惑させ、私たちの判断力を主観的に不純なものとするからだ。

さらに付け加えるのならば、人相で相手を判断する手法は相手の道徳面よりも知性の面を見抜く方が遥かに容易いのが普通だということだ。それは知性の面の方が外見に表れやすいからである。それは顔や表情に表れるだけではなく、歩き方やあらゆるどんな小さな動作においても見られるのである。もしかすると、愚鈍な人間、阿呆、才気ある人間は後ろ姿からでも見分けがつくかもしれない。愚鈍な人間はその動きの鉛のような鈍さを示すものであるし、阿呆はそのあらゆる動作にそれを刻印しているものだし、才能ある人間や思索的な人間についても同様のことが言える。ラ・ブリュイエール[xi]の次の言葉もこれに基づいている。「どれほど些細で、どれほど簡素で、どれほど目につかぬ挙動も、その人の本質を暴露しないようなものはない。馬鹿は才人のように入ってきたり、出ていったり、座ったり、立ち上がったり、黙ったり、立ち尽くしたりすることができない」。さらにエルヴェシウス[xii]によれば、凡人たちは才人を見分け逃げ去るための「確実で迅速に働く本能」を持っているとされるが、これもこのことから帰結するのである。

知性の差が外面や動作に現れる事実は次のことに基づく。脳が大きくなり発達すればするほど、そしてそれに伴う脊髄と神経が細ければ細いほど、知性が単に高じるだけではなく、手足の機敏さや柔軟さもまた大きくなっていくのである。なぜなら手足は脳から直接的に決定的に支配されているのであり、結果として全てが一本の糸によって操られるようになり、それによってあらゆる動作に知性的な糸が正確に刻印されるようになるからである。ある動物が存在としての段階を高く上昇していけばいくほど、そのものを一箇所傷つけただけで簡単に殺せるようになるということと似ている、というよりむしろ関連しているのである。両生類を例として見てみるとよい。それらの動きがいかにも鈍いものであり、ゆっくりと怠惰であり、それだけ知性がないがそれだけしぶとい生命力を持っているのである。このことがその頭脳は小さいが、とても分厚い脊髄や神経を持っていることからくるのである。だが一般的に歩行や腕の運動は専ら脳の機能とされている。というのも手足は脊髄を経由して脳によって動作をするわけであり、そしてその修正は、どれほど細かな修正でも、やはり脳に発するものであるからだ。だから、このような恣意的な運動は私たちに疲労を覚えさせもするのであり、その疲労は苦痛と同様に脳に坐しているのであり、決してよく言われるような手足にあるのではない。睡眠を疲労が促進するのもこの理由に基づく。他方で、有機的生命の不随意的な動き、心臓や肺臓の働き等々の脳から刺激されるものではないものについては、疲労を覚えさせないものである。思考や手足の運動はいずれも同じ脳の作用であるから、脳の働きの特徴は双方とも同じで、個人の性分に応じて表れ出るものである。愚かな人間は操り人形のような動作をし、才気ある人間は当人のあらゆる関節が発現しているかのようである。

だが人の精神的な性状は身振り・動作よりも、顔にこそ遥かに見られるものである。額の形や大きさ、表情の緊張や動き、そして何よりも目から（目については、下は小さな、濁った、鈍い豚のような目から、無数の中間段階を経由して、上の燦然とした輝きを放つ天才による目までである)。単に利口な眼差しというのは、それがどんなに抜け目のないものであっても、天才による目とは異なっている。というのも利口な目というのは意志に奉仕している様相を呈しているからである。天才の方は意思から自由な状態にあるのである。だからスクヴァルツァフィキは彼の『ペトラルカ伝』においてペトラルカの同時代のヨーゼフ・ブリヴィウスによって伝えられた話によると、ある時ペトラルカがヴィスコンティ家で多数の領主や高位な人たちの間に混じっていた時、ガレアッツォ・ヴィスコンティが後のミラノ公になるまだ少年だった自分の息子に、そこにいる人たちの中で最も賢い者を選びだせと言いつけたが、その少年が一同をしばし見渡してからペトラルカの手を取り父の方へと連れていき、そこにいた人たちは大いに驚いたという逸話は、偽りない真の話としていいだろう。自然は人類の中でも傑出した人間に対してその威厳の痕跡を顕著に刻みつけたのであり、子供ですら見分けがつくのである。それ故私としては、私の慧眼有する同国人たちに忠告しておきたい。もしあなた方がまたまた三十年間にもわたって凡庸な頭脳を偉大な精神とかなんとかと言いふらすような気分になったら、お願いだから今度はヘーゲルのようなビヤホールの主人のような人相をした人物を選んだりするのはやめていただきたい。自然はこの輩の顔に、極めてわかりやすいように、平凡極まりない人物としての人相を書き上げたのである。

他方で人間の道徳的な側面、人間の個性については、知性とは違い人相において見抜くことは遥かに難しいものである。なぜなら、道徳性は形而上学的なもので、遥かに人の深いところに根ざしているからである。有機体として体質とは確かに関係はあるけれども、知性ほどは直接的ではないし、身体の部分や体系とは確たる結びつきがないのである。さらに、各々は己の知性については、各自がどこまでも自負しているのであり、それに外に表したり見せつける機会を伺う努力をしているものだが、満足するものであるが、道徳的な側面については滅多にその本性を見せず、大抵は意図的に隠しているものである。さらに長きに亘る経験により演技の巨匠と言ってもいいくらいの状態にある。だが前述したように、くだらぬ考えや低級な営みは次第に顔に、殊に目に、その痕跡を伺わせるようになるのである。そういうわけでその人の人相から、相手が永久不滅の作品や業績を残すことができないことについてはすぐに確実に判断できるが、大きな罪を犯さないことについては保証が得られないときているのである。

騒音と雑音について

カントは「生きた力」についての論文を書いた。私はそれと同じ主題についての挽歌と哀歌を書こうと思う。というのも、叩いたり、ハンマーを打ったり、ガタガタ揺さぶったりするというまさに生きた力が私の生活でとても頻繁にあり、それが毎日のように苦痛をもたらしたからである。もっとも、人々、それこそたくさんの人々がこう言うと笑ったりするものだ。なぜなら彼らは騒音について気に留めない性質だからである。いやそれだけではない。彼らは根拠、思考、詩や文芸作品について、端的に言えばあらゆる類の精神的な印象について気に留めない性質なのだ。というのも彼らの脳みそは頑健で構造も堅固だからである。他方で思索的な人間が騒音から生じる苦痛に対する嘆きを、カントやゲーテやリヒテンベルク[xiii]やジャン・パウル[xiv]といった偉大な作家の殆ど全員による伝記や彼ら個人的発言の報告において私は見出すものである。もしそれに苦しんでいない偉大な作家がいたとしても、それは単に、それを言うに及んでいないからである。私はこの点について次のように解釈している。一個の大きなダイヤモンドがもしバラバラになってしまったなら、それの価値は非常に減じられてしまうこともあり、或いはまとまりある軍隊が分散して小さなまとまりしか形成されなくなったら、それはまとまりあった軍隊が発揮できた力をもう発揮できなくなる。同様にしても偉大な精神が、遮られ妨害されて集中できなくされ、気が散らされるようになればいつもの力を発揮できなくなる。というのも彼の卓越性を保つには、彼が持っている全ての力を、凹面鏡が全ての光を一点集中するように、対象の一点に対して集中させなければならないからだ。この点騒音がそれを邪魔してしまうものだからだ。卓越した精神はいつも暴力的なくらいに騒音が自分を妨げ邪魔をして気を逸らしてしまうということで、それに極めて嫌悪を抱くものである。他方で、平凡な精神の場合、そこまで気に障るわけではない。ヨーロッパ国家の中で最も物分かりがよく精神が旺盛の国は規則「絶対に妨げてはならぬ」を第十一の戒律とした。

だが騒音というのはあらゆる妨げの中でも最も煩わしいもので、我々自身の思考ですら妨げられ、いや粉砕されすらするのだ。逆に妨げられていないというのなら、それは殊更にそれを感受しているわけではないのは無論である。時々、私はずっと低く鳴る雑音が一定時間に渡って私を苦しめ妨げるのだが、足に何かの塊が乗っかった時にその正体がわかるより早く私の負荷となるように、その雑音もその正体がわかるより前に私の思索を絶えず邪魔立てしていくのだ。

ともかく概論から具体論に移るとして、私は無責任で極めて不快であり、街の通りに地獄のように反響してくる雑音、鞭の音を告発せざるを得ない。これはあらゆる静かさや思惟の力を人生から奪い取るものである。鞭の音を出すことを許していることほど、人間の愚かさと考えなさを明確に表しているものはないと私は考えている。この突発的で鋭く、麻痺させるように脳に響き、抱いている概念を粉々にして思想を殺してしまうようにすら思える響きは、何か頭に浮かべている人にとっては苦痛として感じるに違いない。譬え取り扱っているものが低級なものだとしても、何百人によるという精神的活動を妨げるに違いない。これは瞑想する思想家ともなれば非常に苦痛で有害をもたらし、頭と胴体を切り離す審判の剣の如きである。いかなる音もこの忌々しい鞭の音ほどに鋭く脳を切断するものはない。人は鞭の革紐の先端を脳で直に感じるのであり、それは眠り草を触った時と同じように持続ある効果をもたらすものである。日常の神聖な有益性について敬意を払う私も、ある男が荷車一台分の砂や堆肥を片付けるだけのために、一万人の脳裏に浮かぼうとするなんらかの思想をその萌芽の段階から窒息させるようにと（都会の往来で三十分間）鞭を打つという特権をどうして与えられるのか私には皆目わからない。ハンマーで叩く音や犬が吠えたり子供が叫んだりするのも確かに恐ろしいが、本当の意味で思想を殺すのは鞭の音だけである。あちらこちらで個人の思想が萌え出ようとしている瞬間を粉砕するのがその使命とも言える。引き馬を駆り立てるために、あらゆる響きの中でも最も忌まわしい鞭の響きを使うこと以外に手段がない場合だけ、許されることだろう。だが実際は完全に真逆である。この忌々しい鞭の音は単に無用なだけでなく、無益ですらある。というのも馬に対して心理的に駆り立てるためのこの鞭の働きは、習慣的に行使され絶えず濫用されるまで至っているので、感覚が麻痺するようになり無効力なものになってしまっているからだ。鞭の音を聞いたとて馬は速度を緩めることはない。これはとりわけ誰も乗っておらず客を探している辻馬車が、ゆっくりとした足取りをしながら絶えず鞭打ちの音を聞いていることからも理解できることである。鞭を馬にほんの少しあてる方が効果があるのだ。仮にその響きによって鞭の存在を絶えず思い起こすことが不可避的に必要だとしても、それなら今の百分の一くらいの響きで事足りるだろう。知られているように、聴覚的にしろ視覚的にしろほんのわずかな、殆ど気づかないくらいの合図にすらも動物たちは気づくからである。これについて調教された犬やカナリアが驚くべき例を見せる。それ故鞭を鳴らす行為は純粋な悪ふざけであり、腕の仕事をする集団の一部が頭脳労働をする集団に対して厚かましい嘲弄なのである。街においてこのような恥ずべきことが許されていることは粗野で野蛮なことであり、また不正でもある。そもそも、これは警察が鞭の革紐の先端に結び目をつけるように命じれば事は簡単に片付くのだから尚更だ。プロレタリア階級の紐帯と自分たちの上に立っている頭脳階級に対してもっと注意を払うようにさせることをしても問題は特にあるまい。というのも彼らは頭脳労働者たちに対して御し難い不安を抱いているからだ。仕事中ではない郵便馬車の馬や荷車を引いていない馬に乗ったりして、人口の周密な街の狭い通りを力いっぱい休む事なく長い鞭をたたき続ける輩がいることは、すぐにそいつを引き摺り下ろして五回ほど遠慮することなくぶちのめしてやっても正当だろう。仮に世界中の博愛主義者たちが、あらゆる体罰を正当な理由で廃止しようとする正当な団体とともに、この意見を言う私に詰め寄ってきても、私を説き伏せることはできない。だがこれよりももっと酷いものがあり、つまり馬を連れていない一人っきりの御者が通りを歩いていきながら、鞭を絶えず鳴らすことである。こういった輩の行為を大目に見ることによって、鞭を鳴らすことが習慣化してしまったのである。肉体とその満足のためには一般的な配慮はなされているにも拘らず、思索する精神が、尊敬はともかくとして、配慮や保護をわずかにも受けない唯一のものであってよいのだろうか。御者や荷担ぎ人や街角の怠け者は人間社会の害獣である。確かに彼らとて正義、公平、配慮、寛大さによって徹頭徹尾人間らしく取り扱うことは無論である。だが気まぐれな雑音によって人間のより高度な営みを妨げることは許されてはならない。この鞭の男が世界からどれほどたくさんの美しい思想を奪い取ってきたか是非とも知りたい。仮に私に命ずる力があれば、御者の脳内に鞭の音を立てることと鞭打ちの刑との間には不可分な関係性があるという観念を植え付けるだろう。ドイツよりもより物分かりがよく繊細な感覚の持ち主である諸国家の国民たちがまず先駆者となりこのような騒音を防止する実例を作り、それにドイツも倣うようになることを望んでいる。[5] これについてトーマス・フッド（「ライン川を上って」）[xv] はドイツ人を「音楽的な国民として、これほどうるさい民族とは今まで会ったことはない」と述べている。だがこれはドイツ人は騒音を出してうるさくいることを好むのではなく、愚鈍さからくる無感覚な性質によって、彼らは騒音を耳にしたところで自分たちの思索や読者を妨げられることがないからだ。というのも、彼らは考える代わりにタバコばかり吸っているからだ。例えばドアをうるさく下品に叩くように締めるといった不必要に出す騒音について世間的に寛大でいられるのは、ドイツ人が一般的に愚鈍であり脳内が空っぽだという証である。ドイツではあたかも騒音によって、例えば無意味に太鼓を鳴らす行為、人々が考えないようにする措置が正式に執られているようですらある。

最後にこの点について取り扱った文献として、私は一冊だけ、だが素晴らしい作品を推したいと思う。それは有名な画家のブロンズィーノ[xvi]の三行連句で書かれた詩的な書簡体であり、題名は『騒音についてのルカ・マルティーニ殿へ』である。この作品ではイタリアの街で多種多様な騒音によって人々が耐え忍んでいる苦痛が悲喜劇風に、詳細に、そしてとてもユーモアに富んだ様式で描き出されている。この書簡は一七七一年ユトレヒトで刊行されたことになっている『ベルニの滑稽劇集、アレティーノ、その他』第二巻二五八ページに記載されている。

5　原注：『ミュンヘン動物愛護協会誌』一八五八年十二月号によれば、ニュルベルクでは不必要に鞭を鳴らしたり余計な騒音を立てることを厳しく禁止している。

比喩、たとえ話、寓話

凹面鏡は多種多様な比喩として用いることができる。例えば、前にも述べたことだが、天才について譬えることもできる。天才も凹面鏡同様に己の力を一点に集中させるのであり、実際のものとは異なる部分もあるが見事な実像を映し出させたり、光と熱を専ら集めて驚嘆すべき効果をもたらすことがある。

それに比べて巧みな博学者は凸面の拡散レンズに似ている。つまり底は浅いけれども多様な対象を表面のすぐ下に映し出すのであり、さらに太陽の小さな像についても見せてくれ、それによって四方八方にいる人々にその像を投げ出すのだ。他方で、凹面鏡は一つの方向にしか照らすことはなく、結果、その像を見るには特定の立ち位置にいることが要求される。

凹面鏡に譬えることができる二つ目のものとして、真実の芸術作品がある。それが伝えようとするのは触れることのできるそれ自身のものでも経験的な内容でもなくて、その外にあり手では掴みとることができず、空想によってしか追跡していくことのできない、事物固有の掴み難い精神だからである。これについては、私の主著第二巻の第三四章四〇七ページ（第三版四六三ページ）を見ていただきたい[xvii]。

そして最後に見込みない恋に恋している男は、お相手の美女を凹面鏡と警句的に比較することができるだろう。つまりそれは輝き、火が点火して焼きつくすのだが、当の鏡それ自体は冷然としたままだということである。

§

スイスは天才に似ている。美しく崇高であるが、栄養のある果実を持たらすにはほとんど適していない。これに対してホルシュタイン地方の湿地やポンメルンは極めて実り多く栄養分にも富んでいるが、実用的には役立つ俗人の如く平凡で退屈である。

§

私は豊穣な穀物畑を、無遠慮に踏み躙っていくような裂け目の前に立っていた。無数にある穀物は互いに似通っていて、まっすぐに立っていて、重々しそうで豊かな穂をつけているその茎の間に、青、赤、紫色の色彩豊かな花が目に映り、その実に自然な開花の様はとても美しいものであった。だがこれらは役に立たず実も結ばぬ単なる雑草なのであり、抜き取ることができないから単にどうにか我慢されてそのままになっているだけだ。他方でこの光景の美しさや魅力を添えているのはこの雑草あってこそなのだ。それ故にこの色彩豊かな雑草が、詩や美しい芸術が熱心で、実用的で実りある市民生活で果たすのと同じ役割を持っているのだ。そういったわけでこれらの野草こそが、詩や芸術の象徴であると言えるのだ。

§

地球上にはとても美しい光景がある。だが人間という点景となるとどこもかしこもくだらぬものとなる。それ故そういった点景には目を留めてはならない。

§

ドイツのように建築的な装飾や記念碑、方尖塔、噴水が街にはありながらみすぼらしい舗装が敷かれているのは、いわば婦人が黄金や宝石によって身を飾ってはいるが肝心の服装は薄汚くボロボロな状態に似ている。もしイタリアのように自分たちの街を装飾したいというのなら、まずイタリアのように舗装しなければならないのだ。そしてついでに、彫像を屋根のくらいの高さの台座に置くのはやめていただきたく、これについてもイタリアを見習って欲しい。

§

傲岸不遜な象徴としてはぜひとも蠅を取り上げるべきである。というのも、全ての動物は人間を何よりも恐れまだ離れている段階なのに逃げ出すのに、蠅となると人間の鼻の上に留まるからだ。

§

ヨーロッパにいる二人の中国人が初めて劇場に行った。片方は舞台装置のからくりについて把握しようと努め、結果成功するに至った。もう片方は劇の言葉がわからないにも関わらず、作品の意味を解読しようとした……。前者は天文学者と似ており、後者は哲学者に似ている。

§

私は気圧計の水銀槽の前に立っていた。そして鉄のスプーンで数滴掬い上げてそれを高く投げてからまた受け止めた。だが受け止めるのに失敗したとて、それは水銀槽にまた戻るだけであり刹那的に形が変わること以外何も失うわけではない。それ故私にとっては受け止めるのに成功するにしても失敗するにしてもどうでもいいことだった。能産的自然【natura naturans】あるいは万物の内的本質と、個体の生と死との関係もまたかくの如くである。

§

単に理論としてあり、実践なき賢さは開花した薔薇のようである。それは色彩や匂いで他者を喜ばせはするものの、実を結ぶ前に萎んでしまうのだ。棘なき薔薇はない……。だが薔薇なき棘は多数ある。

§

犬は正しく忠実の象徴である。植物ならそれは樅（モミ）が該当するだろう。というのも気勢がいい時も悪い時も我々とともに粘り通すのはそれだけであり、他の全ての花や植物や昆虫や鳥は太陽の恵みがなくなれば我々を見捨て、空がまた朗らかになればまた戻ってくるのだ。

§

百花繚乱の衣装を纏って枝を広げているりんごの木の後ろで、真っ直ぐに立った樅の木が尖った黒い梢を上に伸ばしていた。樅の木に対してりんごの木は言った。「私をすっかり覆っちゃっているこの美しくて元気なたくさんの花をみて頂戴よ！それで君に何か私に見せられるものがあるのかしら？黒緑の針しかないじゃない……」。「その通りだね」と樅の木は答えた。「だが冬が来たら君は裸でそこに立つことになる。だが私は何も変わらずいることだろう」

§

私が樫（かし）の木の下で植物採集をしていた時、雑草の中で、それと同じ大きさの黒色がかった植物を見つけた。それは葉を縮み込ませており、その茎は真っ直ぐぴんと立っていた。私がそれに触れたら、その植物がしっかりした声で言った。「放っておいてくれ！私は他の植物のように君の標本となるんじゃない。彼らが一年分の命を自然から授かっているが、私の人生は一世紀分図られているのだ。私は小さい樫なんだ……」。このように数世紀にわたって影響を及ぼすだけの存在も、子供や青年期において、さらにたいていは成人して一生涯の間でも他の人たちとは変わらぬ様子であり、取るに足らぬように見えることもある。だが時とそれに伴う識者よ、来れ！彼は他の連中のように死ぬことはないのだ。

§

野の花を見つけた私は、その美しさやあらゆる部分が完全なその様に感嘆を覚え、叫んでしまった。「だが君や君と同種の存在は誰にもじっと眺められることもなく、それどころか一日見られることもないのに咲き誇っては凋んでいくのだな……。だが花は答えた「馬鹿なことを言うな！君は私が見られたいから花を咲かせているとでも思っているのか？私が花を咲かせるのは自分のためであって他のもののためではない。私自身が好んでいるからだよ。私はこうして花を咲かせて存在していくことが、私の喜びであり楽しみなんだよ」

§

地球の表面が同じ形をした平らな花崗岩によって出来ていて、生命が生じるだけ下地が出来上がっていない時代の頃、太陽がある朝に昇った。神々の使者イリス女神[XVIII]がユノ[XIX]の使いで飛んできて、太陽を横切っていく際にそれに向かって言った。「どうしてそんな頑張って昇ろうとするの？君に気づく目もないし、日が昇るのを告げるメムノンの像[XX]もないじゃない！」それに対してこういう答えが返ってきた。「私は太陽だ。太陽だから私は昇るのだ。見ることのできる者が見ればいいのだ！」

§

美しく、緑で花を咲かせていたオアシスが、周囲を見渡し見えたのは砂漠だけであり、同じ仲間を見つけようとしても無駄であった。そしてオアシスは嘆きの声を上げた。「なんて不幸で寂しいオアシスなんだろう、私は！ずっと一人ぼっちなんて！仲間がどこにもいないなんて！私を一眼でも見てくれる者はどこにもいないし、この草地・泉・椰子・藪を見て喜んでくる人もいない！ただ悲しくて、砂と石だけで、死んだような砂漠が周りにあるばかり。こんな見捨てられた状態の中で、私の美点や美しさや富がなんになるっていうの！」

その時に老いたる灰色の母である砂漠がこう言った。「私の子供、もし事態が別で、私は悲しくて不毛な砂漠ではなく、花が咲いた緑と生気に溢れている存在だったら、お前はオアシスではなくなり、旅人たちが遠くから褒めて話をするような恵まれた場所ではなくなるんだよ。そうではなくて私の小さな一部に過ぎなくなり、消えてしまって誰にも気づかれなくなるんだよ。だからお前に栄誉と称賛を与えてくれるものに我慢して耐えないといけないんだよ」

§

気球に乗って上昇してゆく人は自分が上昇していくのを見て取ることはなく、逆に大地が深く、もっと深く沈んでいくように見える……。これの意味するところは？ひたすら賛同するだけの者がわかる、一つの神秘。

§

ある人間の大きさを測量するに際し、肉体と精神において逆が成り立つ。肉体は遠くから測る場合小さくなるのだが、精神は逆に大きくなっていく。

§

青い李（すもも）の上に、ほんのりと息を吹きかけたような露を置くように、万物の上に自然は美というニスを塗った。このニスを剥いで、それを集めては我々に楽しみをもたらしてくれることに、画家や詩人たちは熱心に骨を折っている。そして我々は実生活に入る前に、それを貪欲に啜っていくのである。だが実際に実生活に入ってみると、自然が塗ってくれた美のニスがもはや剥がれてしまっているのは無論である。

何せ芸術家たちがすっかり使い果たしてしまい、我々はあらかじめ楽しんでしまっているからだ。それ故目に映るものは今や全て楽しみや魅力はほとんどなく、吐き気を催されることもしばしばである。かく故に各々に塗られたニスをそのままにして、自分たちで見つけるようにする方がずっとましであると言えるだろう。その場合は確かに大きな容器に入っている形で絵画や詩として一度に味わえることはなくなるが、万物をあの朗らかで喜ばしい光の中で見ることができるだろう。自然人は芸術や美的な喜び、人生の魅力をあらかじめ楽しむことはしないのだが、そのニスをみるときにそういった喜びを時折味わるのである。

§

マインツ大聖堂はその周囲と傍を家に囲われていて、誰もその全体の様子を見ることができないのだが、それは世界のあらゆる偉大なもの美しいものを象徴していると考えている。そういったものは全てそれ自身のために存在しているのだが、四方八方からくる欲望によって乱用されていて、それに寄りかかり足場を作ろうとして、それを覆い毀損していく。これは困窮と欠乏のこの世界においては別段奇怪なものではないのは無論であり、というのも全ては困窮や欠乏に仕えなければならないのであり、困窮や欠乏もそれらから道具を作り出す必要があるのだ。つまりそれらが一時的に不在な時に生み出される美やそれ自身を追及した真理も、例外ではない。

我々が大きいにしろ小さいにしろ、豊かにしろ乏しいにしろ、公共施設をみる時に特にこのことをはっきりと痛感する。そういった施設はある時代や国において、人間の学識や知性的な営みを保持し促進する、高貴な人間たちが設立してきたものである。だがそう長くはないうちに、当初の目的のために使うと見せかけながら、そのために割り当てられた報酬を我が物にしようと下等な動物的欲望が忍び寄ってくる。これこそがペテン行為の根源であるとも言え、あらゆる分野において見出されるこの行為は、その展開の仕方こそ多種多様だが、事物そのものは顧慮に入れず、自分の個人的・利己的・物質的目標のためにただその見せかけだけを目指そうというところにその本質があるのだ。

§

あらゆる英雄は一人のサムソン[xxi]である。強者は弱者と多数者の策謀に屈する。最後に我慢の限度を超えれば、彼は彼らと自分を圧し殺す。あるいは彼はリリパット族たちの中のただ一人のガリヴァーであり、圧倒的な数で最終的に彼を圧倒する。[xxii]

§

ある母親が子供たちに、教養と教育のためにイソップの童話を与えた。だがすぐに子供達はその本を母に返しにきて、その際長男が利口ぶった口調で次のように言った。「この本は僕たちのためにあるものじゃないよ！あまりにも子供っぽいし馬鹿馬鹿しい。狐や狼や鴉が喋れるなんて、そんなことで僕たちは騙されないよ。こんな茶番を読むなんて僕たちはとっくに終わっているんだ……！」この将来有望な少年たちに、未来の聡明なる合理者を見てとらない者はいるだろうか？

§

あるヤマアラシの集団がある冷たい冬の日に、自分たちが凍えないために互いに押し合うように近づきあうのだった。だがすぐに互いのハリが当たるのを感じ、また互いに離れた。それでも暖かくなりたかったので互いにまた近寄ったのだが、第二の災いをもたらすだけであった。こうして彼らは二つの苦しみを行ったり来たりして、そのうち互いに最も都合のいい適度な距離を置くことを見出すことができた……。このようにして、個々の内部から湧き出る空虚さと単調さから生まれた共同体の困窮は、互いに近づくように駆り立たせるのだが、その多数ある不快な性質や耐え難い欠点によって彼らは互いに再度引き離される。そしてついに見出した中間的な距離感、そして共同体が成り立つことができるだけに距離感、それこそが礼儀であり風習というわけである。このような距離感を保てない人はイギリスでは「引っ込んでいろ！」【keep your distance !】と言われる……。確かにこの距離感では互いに温める欲求は不完全にしか満たされないが、針の刺す痛みは感じなくて済む……。だが自分の内部において、多数で固有な温かみを有している人は、気を使ったり使われたりしないように共同体からは距離を置くことを好む。

【注】

i 詳細は不明であるが、十九世紀フランスの劇作家であるエティエンヌ・ド・ジューイ（Étienne de Jouy, 1764-1846）のことであると思われる。代表作に『シラ』（Sylla）などがある。

ii Sardanapalus: バイロンによって一八二一年に発表された演劇。サルダナパールはギリシア神話によるとアッシリア最後の王であるとされているが、実際は別の人物であり、実在も現在では疑われている。

iii 大小様々なコムーネに分かれていた中世イタリアにおいて、ローマ教皇と神聖ローマ皇帝のどちらにつくのか、ということは重要であり、教皇側をゲルフ（guelfi）、皇帝側をギベリン（ghibellini）と称して対立をしていた。

iv 十六世紀スペインの医師、ファン・ウアルテ・イ・ナバーロ（Juan Huarte y Navarro, 1529-1588）による著作であり、彼は文中にあるように女性について否定的な見方を示していた。

v Nicolas Chamfort (1741-1794): 十八世紀フランスの作家。ジャコバン派のクラブにおいて書記を務めるなどしていたが、過激化にともない活動からは離れていった。政治評論や演劇などの様々な種類の著作がある。

vi Varanasi: インド北東部の都市。ヒンドゥー教の一大聖地で、都市としての歴史は古い。イギリスのインド占領時に英語風に「ベナレス」とも称されていた。原文では Benares 表記。

vii Lex Salica: フランク王国の法典。クローヴィスの時代にはすでに原型が成立しており、後世にも影響を与えた。女性の土地相続を禁じたことからそこから転じて女系による王位継承を否定する根拠として持ち出された。

viii Ἤπειρος: 現在のギリシア北西部からアルバニア南部に拡がる地域。古くはイオニア海沿岸地域を指していた。

ix Christian Thomasius (1655-1718): 十七世紀ドイツの法学者。哲学者のヤーコプ・トマジウスの息子。グロティウスの影響により、自然法をさらに研究すべく法学を志した。主な著作に『神法学提要』などがある。

x Louis Jacques Mandé Daguerre (1787-1851): 十九世紀フランスの画家、写真家。初めて実用的な写真技術を完成させ、一般層にまで写真を浸透させた。

xi Jean de La Bruyère (1645-1696): 十七世紀フランスの作家。代表作に古代ギリシアの哲学者テオプラトスを翻訳し、付録の文章をつけた『カラクテール』(『人さまざま』)などがある。

xii Claude-Adrien Helvétius (1715-1771): 十八世紀フランスの哲学者。当初はヴォルテールに弟子入りし、詩作をしていたが、のちに哲学に関心を示した。唯物論の哲学者として知られ、代表作に『精神論』などがある。

xiii Georg Christoph Lichtenberg (1742-1799): ドイツの科学者であり、実験に器具を導入した実績やリヒテンベルクの図形の功績で知られる。科学上の功績以外にも、『リヒテンベルクの雑記帳』等の作品を残した。

xiv Jean Paul (1763-1825): 本名はヨハン・パウル・フリードリヒ・リヒター(Johann Paul Friedrich Richter)。ドイツの小説家であり、「シュトルム・ウント・ドランク」や古典主義、そしてロマン主義等の当時のドイツを席巻していたあらゆる潮流から距離を取った独自の文学世界を作り上げた。主な作品に『ジーベンケース』や『美学入門』などがある。

xv Thomas Hood (1799 - 1845):「溜息の橋」と「シャツの歌」で知られるイギリスの詩人。「ライン川を上って」（Up the Rhine）は一八四〇年に彼が創作した作品。

xvi Agnolo Bronzino (1503 - 1572): イタリアのマニエリスム期に活躍したフィレンツェの画家。メディチ家のフィレンツェ公コジモ一世に宮廷画家として仕えた。重要な作品に「愛の勝利の寓話」が挙げられる。

xvii 『意志と表象としての世界』を指す。

xviii Ἶρις: ギリシア神話の中に登場する虹の女神。

xix Juno: ローマ神話において最高神ユピテルの妻であり、結婚と女性の守護神。ギリシア神話におけるイラ（Ἥρα、日本では再建音に基づきヘラとも）と同一視されている。

xx أبو الهول: ストラヴォン（ストラボン）の記述やパフサニアス（パウサニアス）の『ギリシア案内記』にも登場する巨大な像。エジプトのルクソールのナイル川西岸に二体のアメンホテプ三世の像として現存するが、呼称はトロイア戦争に登場するエチオピア王のメムノンに由来するものである。

xxi שמשון: 『旧約聖書』士師記に登場する人物。怪力で有名な士師で、二十年間イスラエルを裁いていた。

xxii ジョナサン・スウィフトの『ガリヴァー旅行記』に登場する小人のリリパット族（Lilliput）との

物語に由来する。

訳者紹介
高橋 昌久（たかはし・まさひさ）
哲学者。
Twitter: @mathesisu

カバーデザイン　川端 美幸（かわばた・みゆき）
e-mail: bacxh0827.miyukinp@gmail.com

女について、心理学的注釈　他四篇

2025 年 1 月 23 日　第 1 刷発行

著　者　　アルトゥール・ショーペンハウアー
訳　者　　高橋昌久
発行人　　大杉　剛
発行所　　株式会社 風詠社
〒 553-0001　大阪市福島区海老江 5-2-2 大拓ビル 5 - 7 階
Tel 06（6136）8657　https://fueisha.com/
発売元　　株式会社 星雲社（共同出版社・流通責任出版社）
〒 112-0005　東京都文京区水道 1-3-30
Tel 03（3868）3275
印刷・製本　小野高速印刷株式会社

ISBN978-4-434-34726-9 C0098

郵便はがき

料金受取人払郵便

大阪北局
承認

7000

差出有効期間
2026年10月
31日まで
(切手不要)

5538790

018

大阪市福島区海老江5-2-2-710

㈱風詠社

愛読者カード係 行

ふりがな お名前			大正　昭和 平成　令和　　年生　　歳		
ふりがな ご住所	□□□-□□□□			性別 男・女	
お電話 番　号		ご職業			
E-mail					
書　名					
お買上 書　店	都道　　市区 府県　　郡	書店名	書店		
		ご購入日	年　月　日		

本書をお買い求めになった動機は？
1. 書店店頭で見て　2. インターネット書店で見て
3. 知人にすすめられて　4. ホームページを見て
5. 広告、記事（新聞、雑誌、ポスター等）を見て（新聞、雑誌名　　　　）

風詠社の本をお買い求めいただき誠にありがとうございます。
この愛読者カードは小社出版の企画等に役立たせていただきます。

本書についてのご意見、ご感想をお聞かせください。
①内容について

②カバー、タイトル、帯について

弊社、及び弊社刊行物に対するご意見、ご感想をお聞かせください。

最近読んでおもしろかった本やこれから読んでみたい本をお教えください。

ご自分でも出版してみたいというお気持ちはありますか。

ある　　ない　　内容・テーマ（　　　　　　　　　　　）

出版についてのご相談（ご質問等）を希望されますか。

する　　しない

ご協力ありがとうございました。

※お客様の個人情報は、小社からの連絡のみに使用します。社外に提供することは一切ありません。